세키야 슈고

chara

타니키타
아카리

야마낭 니코루

NEW! 이지치 유스케

지난 권에서 호된 실연을 경험
한 잇치. 그 반동으로 좋아하는 게
임에 몰두해 자신의 길을 찾으려
하다가 지나치게 몰두한 나머지
살이 쏙 빠지고 말았다. 살이 빠져
서 말쑥해진 잇치를 주목하는 건,
대체 누구……?

cters

카시마 류토

시라카와 루나

쿠로세 마리아

NEW! 니시나 렌

말하지 않아도 누구나 아는 류토&잇치의 절친. 반이 다른데도 늘 함께 있는 대담한 행동을 한다. 그리고 류토에게 자극을 받았는지 닛시에게도 신경이 쓰이는 사람이……! 그쪽에도 대담한 행동을 보일 듯하니 주목해 주세요!

두 사람이 마침내
진정한 자매로 돌아간 것이다──

행복한 한 해가 되기를……!

경험 많은 너와 경험 없는 내가 사귀게 된 이야기.

나가오카 마키코 지음

magako 일러스트

C O N T E N T S

프롤로그

    푸른 하늘로 꽉 찬 캔버스를 한 마리 새가 호를 그리듯 가로지른다.

    11월 한낮의 미나미 이케부쿠로 공원에는 따사로운 햇살이 내리쬐고 있었다.

    파릇파릇한 잔디 위에 바로 눕는 바람에 머리와 팔이 살짝 따끔거리는 감촉도, 옆에 있는 그녀와 함께 맛보고 있다고 생각하면 그리 싫지 않았다.

    머리 위에는 물빛 마크가 그려진 컵에 담긴 블루보틀 커피 두 잔.

    살짝 마음이 무거운 건 학원 수업에 대한 생각이 의식 한구석에 남아 있기 때문이다. 오늘은 토요일로, 나는 수업이 시작되기 전에 이케부쿠로까지 와 준 루나를 만나고 있었다.

    "부럽다."

    불현듯 옆자리의 루나가 혼잣말했다.

    "뭐가?"

    고개를 기울여 보자, 루나는 곧은 시선으로 파란 하늘을 응시하고 있었다.

    "새들은 아무데나 갈 수 있잖아?"

    "……루나는, 못 가?"

    루나는 내 질문에 대답하거나 이쪽을 쳐다보는 대신 뭔가를 움켜

쥘 것처럼 파란 하늘을 향해 손을 내밀었다.

"계속, 자유로워지고 싶었어."

"무엇에서?"

내 두 번째 질문에 루나는 그제야 나를 보았다. 그 얼굴이 온화한 미소로 채색돼 있었기에 나는 조금 안심했다.

"글쎄, 뭘까~? 아빠는 내 양육에 관해선 굳이 말하자면 방임주의에 가깝고, 할머니도 본인 일로 바쁜 사람이라 잔소리를 들을 일이 없거든. 용돈은 섭섭지 않게 받는 편이고?"

루나는 그렇게 말하며 작게 웃더니 다시 하늘을 쳐다보았다.

"……그런데도, 왠지 모르게 갑갑했어."

그 얼굴에서 웃음기가 사라진다. 루나는 진지한 얼굴로 말을 이었다.

"난, 줄곧 돌아가고 싶었어. 아빠와 엄마와, 언니와…… 마리아, 다섯 명이 함께 살았던 집으로."

씁쓸한 기색을 띤 목소리가 파란 하늘에 방치 당하듯이 툭 내던져졌다.

"이젠 지구 어디에도 없지만 말이야. 그런 집은."

그렇게 말하는 옆얼굴은 정교하게 만들어진 설탕 공예품처럼 덧없고.

오싹하리만큼 아름다웠다.

제 1 장

날씨가 제법 선선해지기 시작한 11월 하순의 어느 일요일, 나는 시나가와의 패밀리 레스토랑에 있었다.

소파 타입의 4인용 테이블에 자리 잡은 내 옆에는 루나. 그리고 맞은편에는 야마나와 세키야 씨가 앉아 있었다.

더 말해 무엇 하랴. 요컨대 더블데이트란 뜻이다.

"아~ 돌고래 쇼 기대된다~!"

루나는 들뜬 기색으로 디저트로 제공된 초콜릿 파르페를 먹고 있었다. 거의 트레이드마크에 가까운 어깨가 트인 상의는 가을과 겨울용으로 나온 긴소매 니트 재질로, 소매 끝이 손목을 덮고 있는 것이 사랑스러웠다.

우리들은 이제부터 이 근처 수족관에 갈 예정이다. 오후에 있다는 돌고래 쇼에 맞춰 입관할 수 있도록 시간 조정 겸 점심식사를 하고 있었다.

"돌고래는 물고기인데도 점프를 하잖아? 완전 대박이지 않아?"

"어? 아, 아닌데, 돌고래는 어류가 아니라 포유류야."

나는 흥분한 루나에게 부드럽게 돌려 정정했다.

"정말?! 어류가 아닌 바다 동물도 있어?"

"응. 게나 불가사리 같은 것도 어류는 아니잖아?"

"그건 나도 알아~! 그치만 돌고래는 딱 봐도 동물처럼 생겼잖아? 그런데도 어류가 아니라고? 왜 어류가 아닌 건데?"

루나가 무엇을 궁금해하는 건지는 대충 이해가 갔지만, 생물에 조예가 깊지 않은 나는 전문적으로 설명하는 대신 난처한 미소를 지을 수밖에 없었다.

"그런데 포유류가 뭐더라? 생물 시간에 배웠던 것 같은데 기억이 안 나~."

"음, 알이 아니라 어미의 배 속에서 태어나는 생물인데……."

"그런데?"

"어, 그게…… 그러니까, 음……."

"폐로 호흡을 해."

그렇게 말한 것은 맞은편에 앉아 있던 세키야 씨였다.

"그래서 익사하지 않도록 물 위로 나와 숨을 쉬는 거지."

"그럼, 그래서 점프하는 건가요?"

"아니, 숨을 쉴 때마다 일일이 점프를 해야 하면 비효율적이잖아. 그건 또 다른 이유가 있어. 구애를 하려는 행동이라든가, 때를 벗겨내는 행위 같이 다양한 설이 있긴 하지만."

"오~."

나와 루나는 저도 모르게 입을 맞춰 감탄했다.

"세키야 씨는 돌고래를 좋아하세요?"

"그건 아닌데, 내 선택과목이 생물이거든."

과연. 역시 프로 입시생답다.

그런 세키야 씨에게 한층 열띤 존경의 시선을 퍼붓는 중인 사람이
있었다.

　"선배, 굉장하다……!"

　야마나다. 루나와 마주보고 앉은 그녀는 그렇지 않아도 아까부터
옆자리의 세키야 씨를 달뜬 눈빛으로 쳐다보고 있었다.

　"……루, 루나. 우리, 정말 방해 중인 거 아니지?"

　야마나는 아까부터 세키야 씨만 보고 있었다. 뺨은 계속 발그레
했고 눈동자도 초롱초롱했다.

　"걱정 마. 더블데이트를 하자고 말을 꺼낸 건 니콜이니까."

　작은 목소리로 묻는 내게 루나도 소곤거리며 대답했다.

　"그, 그치만, 문화제 뒤로 저 둘이 제대로 만난 건 처음 아냐?"

　문화제가 있었던 날로부터 거의 2주가 지났지만, 세키야 씨는 입
시공부에 여념이 없고 야마나도 알바 때문에 바빠서 정식으로 데이
트를 하는 건 이번이 처음이라고 했다. 그런 소중한 만남의 자리에
다른 사람이 있어도 되는 건가 싶어 더블데이트 초보인 나는 몸을
움찔거렸다.

　"괜찮다니까. 니콜이랑 둘이서 남자친구가 생기면 더블데이트를
하자고 줄곧 말해 왔었거든. 거기다 세키야 씨가 류토의 친구이기까
지 하니까 틀림없이 재밌을 거라고 어제도 전화로 얼마나 수다를 떨
었는데."

　"그, 그랬구나……."

　하지만 그걸 굳이 지금 당장 할 필요는 없지 않았을까 라는 생각

도 한편으로는 들었다. 지금 야마나에게는 우리 둘을 신경 쓸 여유 따윈 없어 보였으니까.

"아~앙!"

그때, 야마나가 소리를 질렀다. 여성스러운, 그녀답지 않은 목소리였다.

"왜 그래?"

세키야 씨가 묻자 야마나는 자신의 무릎 부근을 가리켰다.

"아이스크림을 떨어뜨렸어~."

야마나는 루나와 같은 초콜릿 파르페를 먹고 있었다. 입에 옮기던 도중에 녹은 아이스크림이 스푼 아래로 떨어진 모양이었다.

"헉, 얼른 닦아야겠다. 옷이 얼룩지겠어."

"내가 손이 끈적해서 그러는데, 선배가 대신 닦아 주면 안 돼~?"

"야, 무슨 소릴……."

그 말에 이쪽을 흘끔거리던 세키야 씨와 눈이 마주칠 뻔해서 나는 황급히 그 광경을 못 본 척했다.

"참나……."

세키야 씨는 테이블 위에 있던 쓰다 남은 물수건을 들어 야마나의 무릎 언저리를 닦아 주었다.

내 자리에선 보이지 않지만, 오늘 야마나는 롱부츠에 미니스커트 차림이었다. 아이스크림이 떨어진 곳은 추측하건대 절대 영역…… 즉, 맨살이 드러난 허벅지라는 남자에게는 자극이 센 부위였다.

내가 루나에게 같은 부탁을 받았다면 도저히 냉정하게 작업을 수

행할 수 없었으리라. 역시 세키야 씨다.

"히앙!"

야마나가 다시 귀여운 비명을 질렀다. 야마나는 뺨을 붉힌 채 야릇한 표정으로 눈동자만 들어 세키야 씨를 보고 있었다.

"뭐, 뭐야?!"

"선배, 간지러워……."

"네가 닦아 달라고 해서 닦아 준 거 아냐! 이상한 소리 내지 마!"

천하의 세키야 씨도 이번에는 동요를 미처 감추지 못했다. 목소리가 뒤집히고 얼굴이 달아오른다.

"후훗."

옆에 앉은 루나가 그런 두 사람을 흐뭇한 눈길로 쳐다보고 있었다.

"둘만의 세계란 느낌이네."

나에게 얼굴을 붙이며 그렇게 소곤거린 루나가 장난꾸러기 아이 같은 눈으로 나를 바라보았다.

"우리도, 오늘은 눈치 보지 말고 꽁냥거릴까?"

"어……?"

세키야 씨와 야마나가 바로 앞에 있는데……. 나는 당황했지만, 맞은편의 두 사람은 그 말에 신경 쓸 상황이 아닌 듯해서 가슴을 두근거리며 루나를 보았다.

"……그, 그럴까."

어색하게 고개를 끄덕이는 나를 보며 루나가 기쁜 듯이 웃었다.

"만세! 너무 좋아, 류토!"

겨울에 핀 해바라기 꽃처럼 환한 그 미소에, 내 심장은 한참을 시끄럽게 뛰고 있었다.

패밀리 레스토랑을 나온 우리들은 수족관으로 향했다.

입관하자마자 보게 된 해파리 존은 어두운 실내에 조명이 켜진 수조가 환상적으로 반짝이는 로맨틱한 공간이었다. 나는 루나와 손을 잡고서 파란색과 보라색으로 빛나는 해파리를 구경했다. 누가 봐도 데이트 같은 이 분위기에 가슴이 두근거리고 어찌할 바를 몰라 쩔쩔매는 걸 보면, 나는 역시 타고난 아싸였다.

"와~ 예쁘다! 하늘하늘해~!"

해파리에서 시선을 떼지 않는 루나의 사랑스러운 옆얼굴을 저도 모르게 정신없이 쳐다보고 말았다. 가슴이 떨린다.

문득 옆쪽을 살피자, 세키야 씨와 야마나가 다른 수조 앞에 서 있었다. 야마나는 세키야 씨의 팔에 팔짱을 끼고서…… 꾹꾹 가슴을 누르며 밀착했다.

"싫다~, 선배도 차암."

세키야 씨의 얘기소리는 내 쪽까지 들리지 않았지만, 야마나는 요염한 목소리로 핀잔을 주고 있었다. 야마나의 가슴이 세키야 씨의 팔을 더 세게 짓눌렀다.

"……오오……."

내가 만약 루나에게 저런 걸 당했다면 제정신을 유지할 수 없었

을 것이다. 태연한 얼굴로 수조를 쳐다보는 세키야 씨가 존경스러웠다.

"……왠지, 계속 쳐다보게 되지~."

루나의 말에, 나는 퍼뜩 정신을 차렸다.

"그, 그러게."

해파리는 보는 둥 마는 둥 하던 나는 황급히 눈앞의 수조에 주의를 집중했다.

"있잖아, 해파리는 어류야?"

루나의 질문에 나는 퍼뜩 생각했다.

"응? 아니, 어류는 아닐 것 같은데……."

"그럼 뭔데~?"

"어? 그건……."

나도 세키야 씨처럼 멋지게 대답하고 싶었지만 아는 척 헛소리를 늘어놔 봤자 그냥 거짓말쟁이가 될 뿐이다.

"……글쎄……."

그렇게 중얼거리는 수밖에 없었다.

"그치~, 뭘까~?"

루나는 내 말에 불만스러워하는 기색도 없이 그저 궁금하다는 듯이 고개를 갸웃거렸다.

어떻게든 만회해 보려고 머리를 풀로 회전시켜 해파리에 관한 토막상식을 뇌내 검색했다.

"아, 그러고 보니 전에 어디선가 본 적이 있는데……."

겨우 찾아낸 검색결과를 주뼛거리며 루나에게 말했다.

"해파리는 헤엄을 못 친대."

"엥, 진짜?!"

뜻밖에 루나가 관심을 보여서, 아는 게 거의 없는 나는 허둥거렸다.

"헐, 잠깐, 그러면, 이건 뭐야?"

루나가 가리킨 것은 수조 안에서 '헤엄치고 있는' 듯이 보이는 해파리였다.

"그냥 떠 있는 거래."

"뭐~?!"

"그래서, 물의 흐름이 완전히 멈추면 전부 가라앉는다고……."

"그랬구나……."

루나는 진심으로 놀란 눈치였다.

"……난 전혀 다르게 생각하고 있었어. 해파리는 자기 마음대로 자유롭게 헤엄치고 다녀서 좋겠다고."

그렇게 말하며 고개를 숙인 채 수조를 바라보았다.

"흘러가는 대로 살고 있었구나. 뭐야아……."

"실망했어?"

괜한 걸 알려 줬나 싶어 묻자 루나가 가볍게 고개를 저었다.

"아니이. ……살짝 친근감을 느꼈어."

"친근감?"

그 말은 즉, 루나 자신이 '흘러가는 대로 살고 있다'는 뜻이려나?

그러고 보니…… 기억이 났다.

──재밌어, 아카리. 주관이 또렷하고 추진력도 강해서.

서바이벌 게임을 한 날, 멀어져가는 아카리의 뒷모습을 바라보던 루나의 눈빛은 부러움으로 일렁이고 있었다.

타인에게 간섭받지 않고 자유로이 살아간다.

루나는 자신이 그런 식으로 살고 있지는 못하다고 생각하는구나.

──계속, 자유로워지고 싶었어.

그 말의 의미는 나로서는 이해하기 힘들었다. 그 뒤 그녀가 보였던 씁쓸한 표정만이 언제까지고 마음에 남아 있었다.

──난, 줄곧 돌아가고 싶었어. 아빠와 엄마와, 언니와…… 마리아, 다섯 명이 함께 살았던 집으로.

아직 자세한 내막은 알 수 없지만…… 그녀가 자신을 '자유롭지 못하다'고 느끼는 이유는 틀림없이 가족 문제에서 기인한 것이겠지.

도와주고 싶다.

내가 널 자유롭게 만들어 줄 수 있다면…….

하지만 어떻게 해야 좋을지 모르겠다.

가슴이 답답했다. ……명색이 남자친구인데도.

"……류토?"

그때 루나가 말을 걸어와 퍼뜩 정신을 차렸다.

"왜 그래? 복잡한 얼굴을 하고."

"아, 그게…… 해파리는 어류가 아니면 뭘까 고민하고 있었어."

"뭐야, 아직도 그것 때문에 고민하고 있었어? 고마워!"

내가 억지로 짜낸 핑계에 루나는 활짝 얼굴을 폈다.

"기다려 봐, 그냥 지금 검색해 볼게! ……엥? 이게 뭐야? 자포동물문? 이라는데!"

스마트폰을 보며 루나가 얼굴을 찌푸렸다.

"그런데 동물문은 뭐지? 포켓몬의 동료인가? 웃긴다~."

천진하게 웃는 루나는 평소처럼 해맑은 모습이었다.

"'동물문'은 말이지, 생물 분류의 한 계급이야."

그때 우리들이 있는 쪽으로 다가오며 세키야 씨가 말했다. 팔에는 물론 야마나가 달라붙어 있었다.

"언제까지 무럼해파리만 구경하고 있을 거야. 가자, 닭살커플."

"닭……?!"

"저기요, 그쪽 분이 할 말은 아닌 것 같은데요~!"

딱 붙어 걷는 두 사람을 향해 루나가 얼굴을 붉히며 항의했다.

야마나는 그 말에 웃으면서도 루나에게 지지 않을 만큼 얼굴을 붉혔다. 진심으로 행복해 보였다.

"……다시 봐도 믿기지가 않네. 천하의 야마나가 저렇게 되다니……."

관내를 이동하며 나는 절절히 중얼거렸다.

"니콜은 선배와 관련된 일에는 완전 소녀스러워져. 예전부터 쭉 그랬어."

"그, 그렇구나……."

도저히 아라카와 강둑에서 양아치 스무 명을 쓰러뜨린 일화를 가진 소녀와 동일인물이란 생각이 들지 않았다.

　"······그런데 오늘 야마나 복장, 엄청나지 않아?"

　때마침 올라가는 에스컬레이터 위 계단에 세키야 씨와 야마나 커플이 서 있다. 나는 그녀의 차림새를 보며 새삼 흠칫거렸다.

　여왕님을 연상시키는 뾰족한 핀 힐이 달린 롱부츠. 거의 찢어질 것처럼 심한 데미지가 들어간 데님 미니스커트 사이로 상당히 아슬아슬한 위쪽까지 맨살의 허벅지가 보이고 있다. 어깨가 드러난 디자인의 블라우스는 가슴팍이 확 트여 있어서, 노출용 브래지어 같은 검은 천이 가슴골과 함께 아른거렸다. 내 여자친구가 입었다면 어디에 눈을 둬야 할지 알 수 없어 매우 곤란함을 느꼈을 패션이다.

　나도 루나 덕택에 갸루 패션에 제법 익숙해졌다지만, 그럼에도 불구하고 다시 쳐다보게 될 만큼 바짝 기합이 들어가 있었다.

　"후후, 니콜은 오늘 밤에 결판을 낼 생각이거든."

　그런 나에게 루나가 의미심장한 미소를 지으며 대답했다.

　"엥? '결판'이라니 대체 무슨······."

　"알면서어, 그러니까 그거 말이야. 그것 때문에 알바도 쉰다고 했어."

　"······."

　아하······. 요컨대 세키야 씨와 하룻밤을 같이 보내려고, 그래서 세키야 씨가 그럴 마음이 들게 만들려고 이렇게 입고 왔다는 뜻이구나.

"……어라? 하지만 세키야 씨는 데이트가 끝나면 자습실에 갈 거라던데?"

"엥~? 진짜? 이런 날에도 공부를 하는 거야?!"

"입시생이니까. 아직 1년이 넘게 남은 나랑 달리 저 사람은 연초에 시험을 치잖아."

"그렇구나……. 니콜, 안됐다."

루나는 마치 본인에게 기다리라는 명령이 떨어진 것처럼 시무룩해했다.

"니콜이 요 2주 동안 엄청 참고 노력했어. 선배의 수험공부를 방해하지 않게 라인도 되도록 삼가고, 잠깐이나마 얼굴을 보려고 알바를 마친 뒤에 역 앞에서 선배가 학원에서 돌아오길 기다리고."

"사귀게 된 타이밍이 아무래도……. 입시생한테는 이제부터가 제일 중요한 시기니까. 세키야 씨도 하루에 13시간 정도 공부하고 있다니까, 시간이 없을 거야."

"정말?! 헐, 잠깐만, 하루가 24시간이니까…… 절반이 넘게 공부하고 있는 거잖아! 난 절대 그렇게 못 해! 나한테 시켰으면 죽어버렸을 거야!"

하얗게 질린 루나가 뭉크의 '절규'에 나오는 포즈를 취했다.

"세상에…… 그 정도로 공부하고 있으면 가끔은 숨을 돌리는 게 나아, 진짜로! 그리고 오늘이 그날인 거지!"

보아하니 루나는 어떻게든 친구를 응원하고 싶은 모양이다.

"그건 그래."

나는 그런 그녀가 사랑스러워서, 흐뭇한 마음으로 동의했다.

돌고래 쇼는 1, 2층을 터서 만든 커다란 스타디움에서 하루에 몇 차례 개최되었다. 다음 시작 시간까지 20분 이상이나 남았는데도 스타디움 안 좌석은 사람들로 가득 들어차 있었다.

"우와, 늦었어~! 이렇게 인기가 많다고?!"

"아, 그래도 앞쪽 자리는 완전 넉넉해!"

"그러게~!"

"그런데 캐러멜 팝콘 냄새가 나지 않아?"

"앗, 먹고 있는 사람이 있어~ 저기! 부럽다~."

"맛있겠다!"

루나와 야마나는 의식의 흐름대로 재잘거리며 앞쪽 자리로 나아 갔다. 나는 그런 그녀들을 따라가다 깨달았다.

"……왠지, 앞쪽 객석이 엄청 젖어 있지 않아요?"

자세히 보니 앞서 진행된 쇼의 흔적인지 앞쪽 4열 정도의 좌석이 바닥까지 흠뻑 젖어 있었다. 관객들도 그 사실을 알아챈 듯 앞쪽에 앉은 사람들은 투명한 우비 비슷한 것을 입고 만반의 준비를 한 태 세였다.

"뭐 그래도, 뒤쪽 자리는 이미 다 찼으니까……. 내가 인원수만큼 우비를 사올게."

세키야 씨가 그렇게 말하며 혼자 위쪽 매점으로 향했다.

남겨진 우리들은 자리를 골라 앉으려고 했다.

"있지~ 기왕 구경하는 거 1열에 앉지 않을래?"

"헐~ 진짜?! 무서운데!"

야마나의 제안에 루나가 상기된 목소리로 말했다.

"어쩌면 돌고래를 만지게 될 수도 있잖아?"

"엥~ 못 만질 것 같은데?!"

"그래도, 혹시 모르잖아."

여자들은 깍깍 수선을 떨며 1열에 앉아 버렸고, 나는 물에 빠진 생쥐 꼴이 확정되었다.

"우와, 진짜야? 1열이라고?!"

그때 판초 우비 네 장을 사온 세키야 씨가 돌아와 놀란 소리를 질렀다.

"앗, 선배, 그거 팝콘이에요?!"

세키야 씨는 판초 우비 외에 팝콘도 두 개 손에 들고 있었다.

"부러워하길래. 자."

"헉, 저까지 받아도 되는 거예요?"

야마나와 함께 팝콘을 받아든 루나는 당황하며 머뭇거렸다.

"아~, 돈은 류토한테 받았으니까. 감사인사는 남자친구한테 해."

"엥?"

나도 모르는 내가 한 일이 있다는 말에 세키야 씨를 보자 눈짓을 해서, '그런 거구나' 하고 대충 감을 잡았다.

나중에 까먹지 말고 팝콘 값을 주어야겠다.

"그랬어?! 고마워, 류토! 같이 먹자~!"

루나는 아이처럼 기뻐했고, 우리들은 다시 자리에 앉았다.

"선배, 고마워!"

야마나도 반색하며 팝콘을 입에 옮겼다.

"우리 둘 다 남친이 다정해서 다행이야."

"우후후, 그러게~!"

루나도 쑥스러운 듯이 웃었다.

"……."

이러니까, 왠지, 엄청 더블데이트를 하는 것 같은 느낌이다.

게임 실황 동영상 시청이 유일한 취미일 만큼 아싸인 내가 이렇게 잘난 사람들과 '더블데이트'를 하고 있다는 게 여전히 실감은 나지 않지만…… 낯간지럽고 가슴이 살짝 따스해졌다.

우리들은 한 줄로 나란히 앉아 돌고래 쇼를 관람했다.

어느 정도 각오했던 물보라는 내 예상을 가볍게 뛰어넘어 다가왔다.

"꺄악!"

"대박, 대박, 대박!"

눈앞으로 다가온 돌고래가 꼬리지느러미로 맹렬하게 돌진했고, 여자들이 비명을 질렀다. 1열에 앉아 있으니 불평은 할 수 없지만, 굳이 이렇게까지 물을 맞아야 하나 싶을 만큼 얼굴이 축축해졌다. 판초 우비를 입고 있지 않았다면 틀림없이 온몸이 쫄딱 젖었을 것이다.

과연 커다란 스타디움에서 관객몰이를 할만 했다. 타이밍이 착착

맞는 돌고래들의 점프와 헤엄에 음악과 수조 연출을 접목시켜 풍부한 볼거리를 제공한 쇼는 마지막까지 관객들의 흥미를 붙잡아두며 별 탈 없이 종료되었다.

"물이 엄청 튀었네. 괜찮아?"

"웅! 남은 팝콘, 뚜껑을 닫아두길 잘했어."

루나와 얘기하며 자리에서 일어서던 그때였다.

"으앙~, 다 젖어 버렸어."

루나의 옆에 있던 야마나가 우비를 벗으며 야릇한 목소리로 말했다.

"헉, 어떡해, 니콜!"

루나가 놀란 듯이 니콜을 보았다. 나도 엉겁결에 그녀를 바라보았다.

야마나의 상체가 흠뻑 젖어 있었다. 물에 젖은 블라우스가 달라붙어 맨살이 비치고 몸매가 또렷하게 부각되었다. 안 그래도 어깨와 가슴골이 다 보이는 섹시한 패션이었는데 젖은 옷이 감겨들자 수영복 차림보다 야해 보였다.

"헐, 너 왜 그렇게 젖은 거야?! 비닐 우의를 입고 있었는데?!"

세키야 씨도 놀란 눈치였다.

"그게에, 더워서, 앞을 열고 있었어……."

야마나는 젖은 블라우스를 쓸며 추운 듯이 몸을 움츠렸다.

"너무 젖었는데…… 어디 말릴 만한 곳이 없으려나……?"

뺨을 붉히며 치켜뜬 눈으로 세키야 씨를 응시하는 야마나는 내가 봐도 귀엽고 섹시했다. 루나가 이런 말을 했다면…… 내 하반신은 그대로 폭발해 버렸을 것이다.

"앗, 벌써 시간이 이렇게 됐네! 슬슬 해산할까!"

그때 루나가 갑자기 생각이 난 것처럼 스마트폰을 보며 제안했다. 친구를 도와줄 생각인 듯했다.

우리들은 그길로 수족관을 나와 지하철역으로 걸어갔다.

"있잖아, 류토. 이 뒤에 니콜이랑 세키야 씨가 어떻게 할 것 같아?"

"그, 글쎄……."

솔직히 내가 세키야 씨였다면 둘만 있을 수 있는 장소로 갔을 것이다. 여자친구가 이렇게 대놓고 유혹하면 아무리 아싸 동정이라도 참기 힘들었다.

하지만 세키야 씨는 재수생이다. 지금은 중요한 시기고 데이트가 끝나면 자습실에 갈 거라고도 말했으니까……. 내가 그렇게 생각하며 역에 도착해 무심히 역사 안으로 들어가던 때였다.

"류토."

뒤에서 걷고 있던 세키야 씨가 말을 걸어 와서 고개를 돌렸다.

"네?"

멈춰 선 내게 세키야 씨가 살짝 다가와 말했다.

"우린 여기서 가 볼게."

"네? 아……."

눈치 채 버렸다.

세키야 씨의 조금 화가 난 듯한 진지한 얼굴에서도 여유를 잃은 기색이 엿보였다.

옆에 선 야마나는 방금 전까지 그가 입고 있던 블루종 재킷을 걸친 채 붉어진 얼굴을 푹 숙이고 있었다.

"……아, 알았…… 어요."

그 너무나도 날 것 같은 분위기에 나까지 얼굴이 화끈해지고 말았다.

그렇구나. 이 두 사람, 이제 하러 가는구나…….

……좋겠다.

"그럼 내일 또 봐, 니콜."

"응."

루나와 야마나의 짧막한 작별인사를 끝으로 우리들은 해산했다.

"……잘됐다, 니콜."

둘이서 다시 역으로 향하는데 루나가 두손으로 내 팔을 붙들며 흥분한 기색으로 속삭였다.

"저건, 그게 맞겠지?"

"그렇겠지, 아마도……."

동정인 나도 이쯤 되면 모르는 게 이상했다. 저 분위기를 봐선 높은 확률로 그거겠지.

"어디로 갔을까? 니콜네 집…… 은 젖은 채로 계속 지하철을 타고 가야 하니까 힘들 테고, 무난하게 시부야라든가? 이 근처에도 있으려나?"

뭐가? 라고 생각하다가 이내 러브호텔을 가리키고 있다는 것을 깨달았다.

"……."

이럴 때는 루나가 '경험이 많은' 여자애라는 사실이 떠올라 살짝 기분이 가라앉는다.

무난하게 시부야……. 무난하게……. 그 말은 루나가 시부야 호텔에 가 본 적이 있을지도 모른다는 뜻이겠지.

그 뒤로도 계속 '무난하게 시부야'라는 말이 꼬리에 꼬리를 물고 머릿속을 맴돌았다. 나는 자꾸만 확장되려는 그녀의 과거에 대한 망상을 두더지 잡기 하듯 연이어 때려 부수며 아무 생각도 하지 않으려 애썼다.

루나와 사귄 지도 다섯 달이 지나 그녀의 역대 남자친구들 중에서는 최장 기록 현역 유지자를 이어가고 있다. 그 덕에 루나의 남자친구 노릇을 하는 데도 제법 자신감이 붙었다. 전처럼 비굴한 생각에 사로잡히는 일은 이제 없다.

하지만 내가 유일하게 그녀의 전 남친들에게 열등감을 느끼는 부분이 있다면, 그것은 바로…… 그녀와 '하지 않았다'는 점 하나로 요약된다.

"류토♡"

루나가 걸음을 떼며 내 어깨에 찰싹 얼굴을 붙였다. 맞잡은 손의 온기도 설렘과 안심감을 주었다.

루나는 스킨십에 적극적이다. 그런데도 아직 '하고 싶다'는 말은 꺼내지 않아서 가슴이 답답해질 때가 있었다.

그래도 이제는 슬슬 말을 꺼낼 때가 되지 않았을까? 한 달 뒤에는 크리스마스도 있으니 첫 경험 타이밍으로는 다시없을 절호의 기회인데.

"……저기, 류토?"

"응? 왜?"

지하철 안에서 말을 걸어와 나는 루나를 보았다.

루나는 살짝 불만스러워 보이는 표정을 짓고 있었다.

"류토는 나랑 같이 있을 때 자주 생각에 잠기더라."

"앗, 미안…….'

"딱히 상관없어. 그게 류토라고 생각하니까. 그래도, 혹시나 그 생각이 나랑 관계된 거라면 그 자리에서 나한테 말해 줬으면…… 좋겠어."

그렇게 말하는 루나의 얼굴에 감도는 쓸쓸함에 마음이 살짝 지끈거렸다.

"우린 전혀 다르잖아? 그래서 저번처럼 엇갈리기도 했고……. 또 그렇게 되지 않기 위해서라도, 서로의 생각을 공유하는 게 좋다고 생각해."

루나의 말에 저번 문화제 때 있었던 일이 떠올랐다.

"그렇긴 하지…….'

"'말하지 않아도 마음이 통하는 관계'가 될 수 있다면 참 좋겠지만, 그런 사람들도 아마 처음부터 그렇진 않았을 거야. 사람이 완전히 똑같을 순 없으니까."

루나가 고개를 숙이며 말했다.

"오랫동안 같이 지내면서 점점 서로를 이해하고…… 그런 관계가 될 수 있었던 거라 생각하거든."

"응……."

그 대목에서 루나가 얼굴을 들었다.

"난 류토와 빨리 그런 사이가 되고 싶어. 그러니까…… 잔뜩 얘기하자, 알았지?"

반짝거리며 나를 응시하는 커다란 눈망울에 나는 고개를 끄덕였다.

"알았어. 그렇게."

그렇다고는 해도 루나에게 '얼른 하고 싶다'는 말을 할 수는 없었던지라.

"……방금 생각한 건…… 크리스마스에 뭘 하면 좋을까 라는 거였는데……."

에둘러 말해 보자 루나는 퍼뜩 생각이 난 듯한 표정을 지었다.

"참, 크리스마스! 그렇지, 벌써 다음 달이었지."

그리고는 살짝 겸연쩍은 기색으로 미소를 지었다.

"나도 조금 생각해 봤는데…… 류토, 우리 집에 올래?"

"엥?!"

놀라서 저도 모르게 근처에 있던 사람들이 뒤를 돌아볼 만큼 크게 소리를 지르고 말았다.

루나의 집에는 고백해서 사귀게 된 날…… 난데없이 '샤워 할래?'

라는 말을 들었던 날 이후론 간 적이 없었다. 그녀가 하고 싶어질 때를 기다리기로 결심한 이상 그런 일이 있었던 그녀의 방에 내가 먼저 '가고 싶다'는 말을 꺼낼 수도 없었고, 다행스럽게도 루나가 우리 집과 가족을 마음에 들어 해 주었기에 (참고로 우리 엄마도 루나를 마음에 들어 하고 있다) 같이 공부를 할 때는 우리 집에 오는 것이 관례가 되어 있었기 때문이다.

"괘, 괜찮겠어?"

머뭇거리며 물어보는 내게 루나가 미소를 지으며 고개를 끄덕였다.

"웅. 나, 열심히 노력해서 크리스마스 기념 요리를 만들 테니까, 같이 먹자! 슬슬 우리 가족한테 류토를 소개하고 싶기도 했고."

"앗…… 그, 그래?"

멋대로 가족이 집에 없는 상황을 전제로 가슴을 두근거리고 있었는데, 같이 식사나 하자는 뜻이었구나. 조금 실망해서 미안했지만, 집에 가면 루나의 방에 둘만 남을 기회가 생길 테고 야한 짓…… 까지는 안 가도 좋은 분위기에서 스킨십을 하는 것 정도는 가능할지도 몰랐다.

그렇게 생각하자 다시금 콧김이 거세졌다.

그런 나에 비해 루나는 온화한 미소를 담고서 먼 곳을 보고 있었다.

"……류토랑 같이 보낼 수 있으면 올해는 크리스마스도 외롭지 않겠다."

"어……?"

"예전엔 크리스마스 때마다 온 가족이 모두 모였으니까…… 이 계절이 오면 아무래도 그때 생각이 떠올라."

허둥거리는 내게 루나가 미소를 지은 채 얘기를 이어갔다.

"산타 할아버지가 집에 와서 우리한테 선물을 줬거든. 기뻤어."

"괴, 굉장한걸……."

그런 서비스도 부탁했다고? 시라카와네 집은 정성을 많이 들였구 나…… 하고 내가 감탄하는데, 루나가 피식 웃었다.

"아빠였지만 말이지, 산타. 어렸을 때는 반쯤 믿고 있었어. 엄마가 '그 집의 아빠를 꼭 닮은 산타 할아버지가 오는 거'라고 해서."

"그랬구나……."

"하지만, 어느 해인가에 깨달았어. 산타 할아버지가 신고 있는 양 말 무늬가, 아빠가 방금 전까지 신고 있던 양말이랑 똑같았거든. 엄 마랑 동물원에 갔을 때 나랑 마리아가 함께 고른 선물이었어, 팬더 무늬 양말. 여러 번 빨아서 해진 곳까지 똑같았지."

"그건…… 아버지가 실수를 하셨구나."

"그치~. 그래도 조금 기뻤어. 산타 할아버지가 아빠라는 걸 알게 돼서."

웃으며 그렇게 말한 루나는 재차 아련한 눈으로 먼 곳을 바라보았 다.

일요일 저녁 지하철 안은 행락지에서 돌아온 사람들로 적당히 붐 비고 있었다. 시시각각 저물어가는 바깥 풍경과는 대조적으로 밝은 분위기가 감돌았다.

"그때 나는 아빠를 정말 좋아했어……. 지금도 싫어진 건 아니지만."

그 복잡한 감정은 그녀의 처지를 생각하면 이해할 수 있었다.

정말로 좋아했던 아버지가, 어머니를 배신하고 바람을 피운 데다 그것이 원인이 되어 가족이 뿔뿔이 흩어져 버린 것이다. 복잡한 감정이 들지 않을 리가 없었다.

"사실은 크리스마스 전까지 마리아랑 화해하고 싶었지만…… 어렵겠지. 문화제도 끝나 버렸고."

"친구 계획…… 계속하려고?"

머뭇거리며 묻는 내게 루나가 깊숙이 고개를 끄덕였다.

"응. 얼른 마리아랑 원래대로 돌아가고 싶어."

"그렇구나……."

쿠로세에게 복잡한 기분을 느끼면서도 그것밖에 할 말이 없어서 고개를 숙였다.

쿠로세…… 루나의 쌍둥이 여동생이자 내 첫사랑 상대. 그때는 나를 찼으면서도…… 지금은 나를 좋아하는 여자아이.

루나의 '친구 계획'이 계속된다면…… 계획에 협력하기로 한 나에게도 그녀와 접촉할 기회가 앞으로 더 생길 거란 뜻이었다.

"그래도, 후후후……."

웃음소리가 들려와 루나를 바라보자 그녀는 빙그레 미소를 짓고 있었다.

"니콜은 정말 다행이야. 지금쯤이면 이미…… 시작했겠지?!"

"아…… 으응, 그러게."

야마나와 세키야 씨를 생각하자 불순한 망상이 솟구침과 동시에 부러워서 죽을 것 같아졌다.

"……아!"

그때 내 머릿속에 한 가지 깨달음이 떠올랐다.

"왜 그래, 류토?"

"아니, 아무것도 아냐."

팝콘 값, 준다는 걸 깜빡했네.

……뭐, 다음에 만날 때 주면 되겠지. 아마 내일도 볼 테니까.

한창 행복의 절정에 있을 테니 영원히 내지 않아도 너그럽게 봐줄지도 모르고.

나는 그렇게 생각하며 딱히 연락도 하지 않았던 것이었다.

◇

하지만.

다음날인 월요일. 조례 시간을 알리는 벨 소리와 함께 아슬아슬하게 지각을 면하며 등교한 야마나는 누가 봐도 한 방에 눈치 챌 만큼 울어서 퉁퉁 부은 눈을 하고 있었다.

"니콜, 무슨 일 있었어?! 라인도 확인 안 해서 얼마나 걱정했다고!"

쉬는 시간에 루나가 야마나의 자리로 달려갔다.

책상에 상반신을 엎드린 채 양팔을 늘어뜨리고 있던 야마나는 맥없이 입을 열었다.

"······차였어."

"뭐?!"

마침 가까운 자리라 귀를 쫑긋 세우고 있던 나는 그 말에 저도 모르게 자리에서 일어났다.

"거짓말이지?! 어째서?!"

친구의 예상치 못한 발언에 루나는 낯빛을 바꾸며 추궁하듯이 말했다.

"그 말은 니콜의 몸이 목적이었다는 뜻이야?! 한 번 했으니 볼일은 끝났다 이거야?!"

주위에 있던 급우들도 '뭐야 무슨 일이야' 하고 주목하는 가운데, 나는 두 사람의 얘기를 들으려고 인파에 섞여 루나 옆에 섰다.

"······아냐. 안 했어."

야마나는 몸을 일으켜 세울 기운도 없는지 그대로 엎드린 채 대답했다.

"그 뒤에, 역에서 '잠시 거리를 두자'는 말을 들었어······."

"어째서?!"

"'지금은 입시에 전념하고 싶다'고······."

"옷은?! 흠뻑 젖어 있었잖아!"

"역 안 유니클로에서 선배가 옷을 사 줘서, 갈아입고 돌아갔

어……."

"……."

화널 포인트를 줄줄이 돌파당한 루나는 순간 얼떨떨한 표정을 지었다.

"……그, 그래도. 그럼 '차인 것'까지는 아니지 않아? 거리를 두자는 거잖아?"

"……그치만…… 차인 거나 마찬가지야……. '이제 내 쪽에선 연락 안 할 거고, 줘도 못 받으니까 난 잊고 살아도 돼'라고 말했단 말이야."

"어…… 어쩜 그렇게 일방적인 소릴 할 수가 있어?!"

루나는 분노로 부들부들 몸을 떨었지만, 붉은 눈을 한 야마나는 넋이 나간 상태였다.

"……내가 너무 들이대서 선배가 화난 걸까? 청순한 애가 취향이라 질려 버렸을 수도……."

"말도 안 돼……!"

"'입시에 전념하고 싶다'는 말은 핑계고, 사실은 그냥 나한테 정이 떨어진 걸지도 몰라……."

아마도 그것이 간밤에 잠을 이루지 못한 채 수십 번 자문한 끝에 도출해 낸 그녀의 결론인 듯했다.

"그게 분명해……."

야마나는 공허한 눈으로 힘없이 중얼거렸다.

◇

　"들었어요, 세키야 씨. 왜 야마나한테 그런 소릴······."

　그날 방과 후, 나는 언제나처럼 학원 라운지에서 합류한 세키야 씨에게 바로 입을 열고 첫마디를 꺼냈다.

　세키야 씨의 기색은 언뜻 평상시와 다를 게 없어 보였다. 하지만 자세히 보면 얼굴에 진한 피로감이 엿보이고 있었다.

　어쩌면 잠을 이루지 못한 건 세키야 씨도 마찬가지였을지도 모르겠다.

　"왜냐니······ 너도 봤잖아? 어제 그 녀석은 나랑 할 생각밖에 머리에 없었다고."

　지금 자랑하냐!! 나도 말해 보고 싶다~!!

　나는 노골적인 질투가 묻어나는 그 말을 꾹 눌러 참고는 냉정하게 의견을 표명하려 입을 열었다.

　"······전혀 기대하지 않았던 건 아니잖아요. 야마나는 세키야 씨의 여자친구고요."

　"보통이라면 그렇겠지만. 내 지금 상황이 어떤지는 너도 알고 있잖아."

　"뭐······."

　필시 재수생이고 시험 날이 바로 코앞이라는 소리를 하려는 거겠지.

"대충 예상이 가. 한 번 했다간 끝장날 거란 게. 틈만 나면 서로의 집이랑 호텔에 틀어박혀서 원숭이처럼 뒹구는 나날이 세 달 정도는 이어지겠지. 그래서 겨우 정신을 차리고 인간으로 돌아올 무렵 내 입시는 이미 끝난 상태일 거고. 여러 가지 의미로 말이야."

"허어……."

겪어 본 적 없는 내게는 우라시마 타로*가 초대받았다는 용궁성처럼 현실감이 없는 얘기였다.

"너희들도 처음엔 그랬잖아? 아, 사귄 지 벌써 제법 됐던가?"

"네? 그, 그건……."

난데없는 화제 전환에 아직 경험이 없던 나는 당황했다.

"왠지 차분한 느낌이 있다니까. 안정감이 든다고나 할까."

"아뇨, 그게…… 이제 겨우 다섯 달 됐어요."

"흐음. 그런데도 벌써 그런 안정감이 돈단 말이야? 너, 시라카와가 첫 여친이지? 내가 처음 했을 땐 거의 반년은 섹스에 미쳐 살았다고."

"……그건, 그러니까……."

틀렸어, 이건 얼버무릴 수가 없다…….

그렇게 생각한 그때.

"……흐응……. 그런 거구만."

세키야 씨가 씩 웃었다.

---

* 일본 전래 동화의 주인공. 거북이를 구해주고 용궁 구경을 하게 된다.

"풋풋하네. 순애다 이거야?"

"따, 딱히 그런 건……."

결과적으로 그렇게 된 것일 뿐, 플라토닉이 내가 의도한 바는 아니다.

"……동정이라 죄송합니다."

세키야 씨는 고개를 늘어뜨리는 나를 바보 취급하는 대신 웃었다.

"아니, 난 순애도 괜찮다고 봐. 나랑 야마나도…… 최소한 입시가 끝날 때까지는 그런 분위기를 유지했다면 좋았을 텐데 말이야……."

먼 산을 바라보는 세키야 씨에게 나는 의문을 느꼈다.

"야마나한테도 그렇게 말하면 되는 거 아니에요?"

"무리지. 요 2주 동안만 해도 제대로 얼굴도 안 보고 연락도 최소한으로 하면서 그 녀석이 엄청 무리하게 만들었잖아. 그 결과 데이트할 기회가 생기자마자 폭주해서 저렇게 나왔고 말이지. 문화제에서 극적으로 재회해서 한껏 달아오른 분위기에서 충동적으로 사귀게 됐지만, 어차피 이 상황에선 무리였어."

"그, 그래도, 차근히 사정을 얘기하면 야마나도 세키야 씨의 현 상황을 이해하고 기다려 줄 지도 모르죠……."

"입시가 완전히 끝나는 3월까지 기다리라고? 아직 네 달이나 남았는데?"

"기다리지 않을까요? 여태까지도 3년이나 헤어진 세키야 씨를 마음에 두고 있었으니까……."

"그건 내가 '기다려 달라'고 부탁한 게 아니잖아. 사귀는 사이면서 기다리게 하는 거랑은 아에 경우가 다르지."

세키야 씨는 단호하게 말하며 고개를 숙였다.

"졸업하고 나서 실감했어. 고교 시절의 시간은 그 이후랑은 밀도가 다르다는 걸. 정말 귀하고 특별해. 넉 달이나 있으면 사람이 완전 달라지지. 그렇게 생각하지 않아?"

"네……?"

나는 자신의 넉 달 전을 회상했다. 루나와 사귄 지 딱 한 달쯤 되었을 무렵이다. 그 뒤에 찾아올 파란의 여름은 조금도 예견하지 못했던 시기다.

거기서 넉 달을 더 거슬러 올라가면, 나는 평범한 KEN 키즈로 동경하던 '시라카와'와 사귀는 건 꿈을 꾸는 것조차 주제 넘는 일이었던 신분이었다.

확실히 넉 달이란 시간은 어마어마했다.

"그런 귀한 넉 달을 아무것도 해 줄 수 없는 나 때문에 통으로 날려 보내는 건…… 너무 미안한 일이잖아. 그 녀석은 좋은 여자니까 다른 사람이랑 자유롭게 청춘을 즐길 권리를 빼앗고 싶지 않아."

세키야 씨는 그렇게 중얼거리더니 땅이 꺼져라 한숨을 내쉬었다. 그 표정이 뭔가에 화가 난 듯했다.

"난, 지금 정말 여유가 없어. 내 일만으로도 벅차다고. 그런 나를 기다리는 사람이 있다는 상황조차 스트레스라…… 버틸 수 있을 것 같지가 않아. 저번에 친 모의시험 결과를 좀 전에 받았는데, 이번에도 제1지망 판정은 D였어…….”

분노의 원인은 그거였나 보다.

세키야 씨만큼 공부해도 합격권에 들기 어렵다니 대체 지망하는 대학이 어디길래 그런 걸까? 불쑥 그런 궁금증이 들었다.

“그런데 세키야 씨는 어느 대학을 노리고 계신 거예요?”

내가 질문하자 세키야 씨는 떨떠름한 얼굴로 옆을 보았다.

“……어디든 상관없어, 까놓고 말해서. 의학부에만 들어갈 수 있으면.”

네?

“의, 의학부?! 의사가 되시려고요?!”

놀라는 나를 세키야 씨가 한심하다는 눈빛으로 쳐다보았다.

“넌 정말 나한테 관심이 없구나……? 내가 늘 의학부 코스 교재를 펼쳐놓고 있는데도 어째 그걸 모르냐.”

“…….”

그렇게 말을 해도 감이 잘 오지 않았다. 관찰력이 어지간히도 없는 모양이다.

“의학부라니…….”

그런 데를 지망하는 사람은 보통 전문 입시학원에 다니지 않나? K학원에도 의료계열 코스가 있으니 지망자가 수강하고 있어도 이상하지는 않지만.

"고등학교 3년을 내리 놀았던 녀석이 1년간 쌓은 공부량으로 따라잡을 수 있을 만큼 녹록한 목표가 아냐. 그래도 부모님께 여기서 더 폐를 끼칠 수는 없으니까…… 어떻게든 내년에 합격하고 싶어."

"그래서……야마나와 거리를 둘 수밖에 없었던 거네요."

쓸쓸한 기분으로 말한 내게 세키야 씨가 작게 고개를 끄덕였다.

"……지금의 내 상황과 그 녀석을 생각하면, 이렇게 할 수밖에 없었어."

잠깐의 침묵 뒤, 세키야 씨가 골치가 아픈 듯이 머리를 쥐어뜯었다.

"정말~ 대체 뭐냐고, 그 녀석. 왜 그렇게 할 생각이 넘치는 거야? 해 본 적도 없으면서. 어제도 몇 번이나 몸을 웅크렸는지 알아?"

어떻게 참아, 그걸. 계속 사귀다간 내가 못 버틸 거라고……. 그렇게 혼잣말하며 앓는 소리를 내는 세키야 씨를 보자 슬슬 동정심이 싹트기 시작했다.

나와 전혀 벡터가 다른 고민이지만, 그에게는 고통스러운 상황일 터다.

"그야, 세키야 씨를 좋아해서 그런 거 아니겠어요……."

위로하듯이 그렇게 대답하던 찰나, 불현듯 한 생각이 뇌리를 스쳤다.

머릿속에 루나의 목소리가 되살아났다.

──정말 좋아해, 류토!

루나는 나에게 종종 그렇게 말했다. 그 말을 의심해 본 적은 없다.

틀림없는 그녀의 진심이라 생각한다.

하지만.

루나한테서 어제의 야마나처럼 야릇한 기색을 느낀 적은 한 번도 없었다.

그렇게 생각하자 루나의 나에 대한 '정말 좋아'는 역시 발전도상 이라는 결론을 내리지 않을 수 없었다.

먼저 섹스를 요구하지 않는 것도 당연하다.

""하아~…….""

땅이 꺼져라 내쉰 한숨이 어쩌다 보니 세키야 씨와 포개졌다.

"……왜 네가 침울해 하고 그래."

눈을 마주친 세키야 씨가 이상하다는 듯이 웃었다.

"그럼 난 먼저 자습실로 가 볼게. 다음 모의시험에서는 꼭 B 판정 을 받아야 하거든."

장난스레 그렇게 말하며 자리에서 일어난다. 나는 그 모습을 보 다 퍼뜩 정신을 차렸다.

"앗, 세키야 씨!"

주머니에 넣어 두었던 잔돈을 건네자 세키야 씨가 손바닥 위를 보 더니 눈썹을 찡그렸다.

"……이게 뭐야? 적선이야?"

"팝콘 값이에요. 어제 사 주신 거요."

내가 말하자 세키야 씨의 표정이 누그러졌다.

"아……. 넌 정말 착실하구나?"

그리고는 잔돈을 쥔 손을 겉옷 주머니에 찔러 넣었다.

"땡큐. 이걸로 어묵이나 사 먹고 몸을 데워야겠다."

그렇게 말하며 떠나가는 뒷모습이 왠지 평소보다 더 왜소해 보였다.

◇

그 뒤 2주가 지나 달력의 날짜가 섣달로 돌입했다.

다가올 기말고사로 긴장감이 감도는 교실에서 어느 날 학급회의 시간에 의제로 나온 것은 '수학여행 조 짜기'였다.

우리들 2학년은 3월에 수학여행을 갈 예정이었다. 일단 명목상으로는 '학습여행'이었기에, 이후에도 종합과목* 시간을 활용해 조별로 자유행동 일정을 짜거나 방문할 장소의 역사와 문화를 조사해야 했다.

"조별 인원수는 다섯 명에서 일곱 명까지고, 반드시 남녀 혼성이 되도록 짜 주세요. 그럼 조원을 결정하세요."

반장의 말에 자리에서 일어난 반 아이들이 조를 짜러 움직이기 시작했다.

"류토!"

루나의 부름에 나는 소리가 난 쪽으로 향했다. 그녀의 옆에는 이미 야마나와 타니키타가 와 있었다.

---

* 정치와 사회, 지리, 역사 과목을 통틀어 말한다.

"같은 조로 다닐 거지~?"

"응, 잘 부탁해."

루나와는 한참 전부터 같은 조가 되기로 말을 맞춰 놨다.

"이지치는? 오늘 결석이랬던가?"

"으, 응……."

루나의 물음에 나는 타니키타의 눈치를 살피며 고개를 끄덕였다.

잇치는 문화제날 이후로 몸 상태가 나빠져 걸핏하면 학교를 쉬고 있었다. 등교해도 멍하니 넋을 잃고 있을 때가 많았고, 점심시간에는 가져온 도시락을 반도 채 먹지 못한 채 수저를 놓아 버렸다. 타니키타에게 차인 것이 어지간히도 후유증으로 남은 기색이었다.

"카시마도 있으니까 일단 우리 조에 넣어 두면 되지 않을까?"

"하긴. 따로 가고 싶은 조가 있으면 학교에 왔을 때 말하라고 하면 되겠지."

루나와 대화중인 타니키타를 봐선 딱히 죄책감에 시달리는 느낌은 없었다. 나였다면 앉은 자리가 가시방석이었을 텐데, 역시 뒤끝이라곤 없는 아이 같다.

"마리아!"

그때 루나가 쿠로세를 불렀다. 나는 긴장했다.

"같은 조 하자~!"

딱 봐도 망설이는 쿠로세를 루나가 적극적으로 밀어붙이는 모양새였다.

"으…… 응……."

달리 들어갈 만한 조가 없었는지 혼자서 머뭇거리고 있던 쿠로세가 딱딱한 표정으로 고개를 끄덕였다.

"만세! 결정, 결정!"

유난히 들뜬 목소리로 재잘거리며 루나가 쿠로세의 손을 잡아 이쪽으로 데려왔다. 텐션이 높아 보이는 건, 긴장을 풀기 위한 루나 나름의 방법인 듯했다.

"그럼 이 멤버에 이지치까지 플러스하면, 우리 조는 확정이려나?"

루나의 말에 우리들은 고개를 끄덕였다.

"니시나도 있었으면 서바이벌 게임 멤버였는데 말이야."

"다른 반이니까 어쩔 수 없지."

나는 타니키타의 말에 대답하며 불현듯 닛시를 생각했다.

닛시, 조 짜기에서 지옥을 경험하고 있겠지⋯⋯. 같은 반에 친구가 없어서 쉬는 시간마다 우리 반으로 왔던 건데.

하지만 나도 남 걱정을 하고 있을 여유는 없었다.

때마침 눈이 마주친 쿠로세가 나에게 생긋 미소를 지어 주었다.

"⋯⋯."

나는 아무 말도 하지 못한 채 미소인지 쓴웃음인지 모를 미묘한 표정을 지었다.

"그럼 지금부터 조별로 나눠 작업을 시작하겠습니다~."

반장의 호령에 따라 우리들은 조별로 책상을 붙여 마주 앉았다.

"먼저 조장과 부조장을 결정하세요."

그 말을 듣자마자 루나가 손을 들었다.

"저요! 내가 조장 할래!"

그리고는 옆자리의 쿠로세를 보았다.

"그리고 마리아가 부조장, 괜찮지?!"

"뭐⋯⋯?!"

당황한 쿠로세가 말문이 막힌 듯 입을 다물었다.

이것도 루나가 세운 '친구 계획'의 일환이리라. 쿠로세와 나란히 조장, 부조장을 맡아 거리를 좁히려고 하는 게 분명했다.

그렇다면 루나를 도와줘야겠지. 나는 그렇게 생각하며 쿠로세를 바라보았다.

"쿠, 쿠로세는 똑 부러지고 책임감이 있으니까⋯⋯ 부조장을 맡아도 잘할 거라 생각해. 같이 당번을 했을 때도⋯⋯ 요령이 좋아서 일하기 편했어."

내 말에 쿠로세가 설핏 뺨을 붉혔다.

"그럼⋯⋯ 알았어, 할게."

이렇게 조장과 부조장이 결정되었을 때쯤, 반장이 재차 말을 꺼냈다.

"조장과 부조장은 앞으로 모여 주세요~! 지금부터 수학여행 전까지 작성해야 할 학습 노트에 대해 설명하겠습니다~!"

"앗, 모이래! 마리아, 가자!"

"어? 으, 응⋯⋯."

시종일관 당혹스러워하는 기색이던 쿠로세는 루나의 페이스에 휘말린 채 교실 앞쪽으로 끌려 나갔다.

책상 앞에는 나와 야마나, 타니키타가 남았다.

"하~… 수학여행이라."

야마나가 크게 한숨을 내쉬자 타니키타가 그녀를 보았다.

"니콜, 그 뒤에 '선배'랑 연락은 했어?"

"안 했어. 어떻게 하겠어. 선배한테 여기서 더 미움 받기 싫은데."

"하긴. 공부하느라 바쁘겠지."

"……."

그런 세키야 씨와 거의 매일 학원에서 얼굴을 보고 있는 나는 어째서인지 야마나에게 미안한 마음을 느꼈다.

아직도 실연의 상처에 허우적거리고 있는 잇치와 달리 야마나는 제법 기운을 차린 눈치였다.

"역시 나로는 부족했나 봐……. 보니까 선배가 고등학교에 입학하고 나서부터 부쩍 인기가 많아진 것 같더라고. 예쁜 애들이랑도 실컷 사귀어 봤겠지……. 에스코트라고 하나? 그런 것도 자연스럽게 해 주더라니까. 예전이랑은 달리 여자에 익숙한 게 느껴져서, 데이트할 때도 실은 깜짝 놀랐어."

한숨이 섞인 야마나의 얘기에 타니키타가 얼굴을 빛냈다.

"헐~ 좋겠다, 경험이 풍부한 남자친구! 난 사귈 거면 아예 여자에 익숙한 사람이 좋아."

"엥~ 진짜?"

"근사한 데이트를 경험하게 해 줄 것 같잖아! 자고로 남친이면 이것저것 리드도 해 줘야지."

"헐~ 난 너무 경박해 보여서 걱정되는데. 어느 정도는 삐걱거리는 모습을 보여줘야 마음이 놓이지 않아?"

하필 두 사람의 책상 사이에 끼어 있어서 속절없이 여자들의 수다에 휘말리게 된 나는 못 들은 척하는 것도 부자연스러웠기에 최소한 의젓한 표정이라도 유지하려고 노력하며 경청하는 자세를 취했다.

"……난 선배라면 여전히 동정이었어도 상관없었을 거야."

"그건 니콜이 '선배'를 좋아하게 된 게 중학교 때라서 그래!"

살짝 토라진 듯한 얼굴로 중얼거린 야마나에게 타니키타가 냉큼 반박했다.

"고2쯤 되면 조금 잘나간다는 남자애들은 대체로 여친이 있거나 교제 경험이 있잖아? 경험 없는 남자애한테는 매력을 느끼기 힘들지~."

'경험 없는'이라는 말에 가슴이 에일 뻔했지만, 괜찮다, 나는 여자 친구가 있으니까 하고 마음을 다잡았다.

"그도 그럴 게, 동정은 '다른 여자들이 아무도 쳐다보지 않았던 남자'란 증거잖아? 남자가 자기 의지로 정조를 지킬 이유가 어디 있겠어. 그래서 싫어~."

푹 소리를 내며 가슴에 특대형 창이 박힌 듯한 기분이 들었다. 너무 갑작스러워서 피할 수도 없었다.

"으으……."

저도 모르게 이상한 소리가 새어 나와 버렸지만, 괜찮다, 괜찮다…….

나에게는 루나가 있다. 루나는 그런 동정인 나라도 좋다고 말하며 사귀어 주었다. 그리고 조만간…… 그리 머지않은 미래에 나는 사랑이 있는 졸업을 하게 될 터였다.

"……."

루나에게 우리들 사이에 대해 상세히 전해 들었으리라 짐작되는 야마나가 침묵하는 내 속내를 눈치 챘는지 안쓰러운 눈길로 쳐다보는 것이 느껴졌다.

"……확실히 여자의 욕망에는 꽤 사회적인 구석이 있지. 이미 다른 누군가가 가졌거나 원하는 것만 바라게 된다고 할까."

야마나가 말하자 타니키타가 크게 고개를 끄덕였다.

"맞아, 맞아. 동경하는 사람이 소유한 건 뭐든 좋게 보이거나 셀럽이 갖고 다니는 명품 가방이나 소품이 인기를 끄는 것도 그래서지."

"네일도 그래. 친구가 하고 있는 걸 보고 하고 싶어졌다는 애들도 많거든."

화려하게 꾸며진 자신의 손톱을 보며 야마나가 말했다.

"친구랑 같은 걸 먹고 같은 걸 가지면서 '그거 좋지~'라든가 '그건 좀 별로였어' 같은 얘길 나누고 싶은 걸 거야, 여자들은. 타인과 같은 감정을 공유하는 데서 쾌감을 느끼니까."

그 대목에서 야마나는 그전까지 공기처럼 앉아 있던 나를 보았다.

"그 점에서 남자는 외톨이 늑대지. 프론티어 정신이라고 하나? 미개척지를 찾아 여행을 떠난다고 할까, 아직 어느 누구도 본 적이 없는 걸 보고 싶다는 욕망이 강하잖아?"

"그, 글쎄…… 그야, 동경은 하지만."

"'나만의 것'이라든가 '나만이 알고 있다' 같은 특별한 느낌? 우월감? 이 중요하지? 남자들은."

"그, 그렇지, 보통은……."

그런 건 사람이라면 누구나 당연히 갖고 있는 욕망이라 생각했는데, 혹시 대부분의 여자아이들에게 그건 별로 중요하지 않은 문제인가?

그 깨달음은 신선했다.

"'남자니까', '여자니까'로 한데 묶어 버리는 건 별로 좋아하지 않지만 그래도 실제로 차이가 있으니 어쩔 수 없지. 물론 예외는 있겠지만."

"허어……."

나는 평범하게 감탄하다 문득 의문을 느꼈다.

"……야, 야마나는 여태까지 세키야 씨 말고는 사귄 사람이 없었지? 연애에 대해 어떻게 그렇게 잘 알아?"

그러자 야마나가 '음~' 하고 신음하더니 손가락 끝으로 머리카락을 매만졌다.

"그게, 난 굳이 따지자면 누님 같은 캐릭터잖아? 중학교 때부터 친구나 후배들한테 엄청 연애상담을 받았어."

확실히, 나도 사정을 알기 전까지는 왠지 모르게 연애 경험이 풍부해 보이는 사람이라고 생각했다.

"처음엔 적당히 맞장구만 쳤었는데, 다양한 사랑얘기를 듣다 보니 점점 남녀의 사랑과 욕망의 차이를 깨닫게 되더라고."

그런 그녀가 섣불리 남자의 욕망을 파악한 나머지 세키야 씨를 유혹하려 했고, 그 결과 그와 거리를 두게 되고 말았다고 생각하자 왠지 모르게 '제 꾀에 제가 넘어간다'는 말이 생각났다.

"그런 의미에서 넌 이제부터 조심해야 해, 카시마 류토."

"?!"

난데없이 내 이름을 부르며 경고하는 통에 방심했던 나는 동요했다.

"루나를 동경하는 여자애들이 많으니까. 유명한 미인 여배우인데도 남편이 바람을 피워서 스캔들이 나는 경우가 있지? 그것도 불륜 상대 쪽에서 보면 '선망하는 셀럽과 같은 명품 가방을 갖고 싶은 심리'인 거야."

"그, 그게 뭐야……."

"내가 방금 이름 붙인 심리. 그래서 매력적인 여자친구를 가진 남자는 원래 가진 밑천보다 더 인기를 얻기 시작하는 거지."

남자가 명품 가방인가……? 여자들이란 무시무시하다는 생각이 들었다.

"그래도, 왠지 그럴듯한데. 딱히 취향이 아닌 남자라도 '저 사람이 선택한 남자라면 분명 멋진 사람이겠지' 싶어서 5할은 더 괜찮아 보일 때가 있어."

"맞아, 그거. 그게 위험하다니까."

타니키타의 맞장구에 야마나가 몸을 앞으로 내밀었다.

"그러니까 조심해."

날카로운 눈빛으로 노려보는 통에 나는 저도 모르게 머뭇거렸다.

"어? 으, 응⋯⋯."

"나중에 혹시 너한테 접근하는 여자가 생겨도, 말해 두지만 그 애가 의식하고 있는 건 너 자체가 아니라 루나니까."

"엥~, 그래도 어쩌면 정말로 카시마가 엄청 취향인 여자애일지도 모르잖아?"

"루나를 전혀 모르는 여자라면 그럴지도 모르지. 사진으로라도 본 적이 없고 그 애의 존재조차 모른다면 말이야."

"음~ 그럼 우리 학교 애들은 안 되겠네. 카시마를 보면 루나부터 떠올릴 테니까."

"'그 시라카와 루나의 남친'이라면서 말이지."

"⋯⋯."

두 사람의 말에 나는 입을 다물었다.

아무래도 루나는 내가 생각했던 것보다 훨씬 여자애들 사이에서 카리스마적인 존재였던 모양이다.

"⋯⋯왜 그래? 설마 벌써부터 추근거리는 애라도 생겼어?"

야마나의 가벼운 눈총에 나는 번쩍 정신을 차렸다.

"아, 아니, 딱히⋯⋯."

그때 쿠로세가 우리들 쪽으로 돌아왔다. 품에 안고 있던 프린트 다발을 책상 위에 털썩 내려놓았다.

그중 한 장이 바닥에 떨어져서 주우려고 손을 뻗었던 나는 거의 동시에 프린트지를 집어든 다른 손에 내 손을 포개고 말았다.

"앗, 미안."

황급히 고개를 들자 그곳에는 쿠로세의 붉어진 얼굴이 있었다.

"……아냐, 나야말로, 미안."

내 손에 닿은 제 손등을 살며시 어루만지며 쿠로세가 프린트지를 책상 위에 되돌려 놓았다.

"다들, 유인물 봤어~?"

그때 루나가 돌아왔다.

"아직~. 쿠로세도 방금 왔잖아."

타니키타가 대답하며 인원수만큼 받아 온 듯한 프린트 다발에서 제 것을 가져갔다.

"헐, 귀찮! 이렇게 많이 조사해서 채워야 돼~?!"

"여행을 해서 즐거웠다 정도로 끝내도 되잖아."

타니키타와 야마나가 불평을 늘어놓는 사이 쿠로세는 담담히 유인물을 정리해 조원들에게 나눠 주었다.

"고마워, 마리아!"

의자에 앉은 루나가 그녀에게 유인물을 받아들며 밝은 목소리로 말을 걸었다.

"……그런데, 루나랑 쿠로세는 언제 그렇게 사이가 좋아진 거야?"

그런 두 사람을 보며 타니키타가 의아하다는 듯이 입을 열었다.

"문화제날 장식 일을 도와주러 타케이 선생님이 오셨을 때도 '팸플릿 담당 쪽은 정말 사건사고가 많았지~' 하고 투덜거리시길래 무슨 문제라도 생긴 줄 알고 걱정했거든~?"

그 말에 루나와 쿠로세의 움직임이 일순 멎었다. 그리고는 둘 다 상대를 의식하면서도 눈을 맞추는 대신 제각각 난처한 미소를 지었다.

"뭐~? 그렇게까지 문제가 있진 않았어. 팸플릿도 제대로 만들었고! 그치, 류토?"

"으, 응……."

동의를 요구하는 루나에게 고개를 끄덕인다. '그렇게 문제는 없었다'는 표현에서 루나의 정직함이 드러나고 있었다.

"그래……? 그럼 다행이고."

하지만 천하의 타니키타도 루나와 쿠로세 사이에 감도는 미묘한 기류까지는 읽어낼 수 없었던지, 화제는 살짝 석연치 않은 뒷맛을 남긴 채 그대로 마무리되었다.

루나와 쿠로세의 진짜 관계를 알고 있으리라 짐작되는 야마나는 시종일관 관조하듯이 그 모습을 관찰하고 있었다. 나는 조금 전의 화제 때문인지 그녀의 시선에서 왠지 모를 불편함이 느껴져 그 뒤로는 쿠로세 쪽을 쳐다보지 못했다.

◇

"……그래서, 오늘은 무슨 일인데? 내가 요즘 여러모로 죽을 맛이거든. 너도 알지?"

그날 방과 후 학원, 언제나처럼 라운지에서 가볍게 식사를 한 뒤 세키야 씨가 미심쩍은 기색으로 나를 보며 말을 꺼냈다.

"네……?"

"뭐 하고 싶은 얘기가 있는 거 아냐? 아까부터 계속 딴생각을 하는 눈치던데. 다 먹은 음식 쓰레기도 안 치우고 질질 시간만 끌고 있잖아."

"앗……."

눈치 채고 있었구나.

내 안에서도 아직 정리가 채 끝나지 않아서 의논해도 될지 어떨지 갈피를 못 잡고 있었는데.

"……저기, 실은 쿠로세가."

"나왔네, 또. '쿠로세'."

어이없다는 듯이 세키야 씨가 등받이에 몸을 기댔다.

"쿠로세가 어쨌는데?"

"수학여행 조 짜기 때 같은 조가 돼서요."

"그래서?"

"어떡해야 하나 고민하고 있었어요."

"허어?"

세키야 씨가 와락 미간을 찌푸렸다.

그렇겠지. 나도 안다. 남한테 들려줘 봤자 '허어?'란 말밖에 안 나올 얘기라는 건.

"무슨 문제라도 생겼어?"

"아뇨…… 제 기분 문제랄까."

"기분 문제."

"쿠로세도 좋은 애니까요."

"뭐야, 갈아타고 싶어?"

"아뇨! 그럴 생각은 전혀 없어요."

"그럼, 여친이랑 하기 전에 쿠로세로 동정을 떼고 싶다 이거야?"

"그, 그럴 리가요!"

잇따른 과격한 발언에 저도 모르게 상황을 상상하고는 얼굴이 뜨거워졌다.

"……쿠로세를, 자꾸 이성으로 보게 돼요……. 손이 맞닿으면 가슴이 두근거리고……. 하지만 그건 루나에게 성실하지 못한 생각인 것 같아서요."

세키야 씨는 아까부터 한심하다는 표정을 숨기려고 하지도 않으며 그런 나를 바라보았다.

"너 말이야…… 동정이야? 아, 동정이지. 미안."

그러더니 멋대로 자기 완결을 낸다. 나는 속으로 '젠장!'이라고 울분을 터뜨리면서도 반박하지 못한 채 고개를 숙였다.

"그건 어쩔 수 없어. 남자니까. 손이 닿으면 럭키다 정도로 생각하고 넘겨."

"그 애가 절 좋아한다는 사실을 알면서도요?"

"그럼 더 좋지. 최고네. 연애를 시작하면서 생기는 잡음들은 쏙 빼고 연애 초기의 설렘만 맛볼 수 있다는 뜻 아냐. 남자로 태어난 이상 한 번쯤은 인기도 누려보면 좋잖아."

"하, 하지만 전 루나랑 헤어질 마음이 없다고요. 이대로 계속 친하게 지내 봤자 쿠로세한테 미안하다고 할까…….

"그런 건 네가 알 바가 아니야."

"그래도…….

쿠로세는 루나의 동생이니까. 그렇게 생각하는데,

"뭐, 류토 넌 성실하니까…….

세키야 씨가 팔짱을 끼며 말했다. 그러더니 불현듯 공허함에 사로잡힌 표정을 지었다.

"……그런데 말이다. 지금 날 앞에 두고 그런 상담을 하는 거야?"

"네?"

"아니면 너, 인도 사람한테 '스테이크랑 스키야키, 둘 중에 어느 게 더 맛있을 것 같아?'라고 얘기해 버리는 타입이야?"

"그게 뭐예요…….

인도 사람…… 다수가 힌두교도…… 즉, 소고기를 먹어선 안 되는 사람에게 소고기 얘기를 한다=여자친구와 연락을 끊고 있는 세키야 씨에게 연애상담을 한다는 뜻인가. 되게 빙 둘러서 말하네. 그래도 그게 세키야 씨답긴 하지만.

"알겠어? 이성 친구라는 건 말이야, 네가 이성애자인 한은 다 '친구 이상 애인 미만'의 존재일 수밖에 없어."

그 난폭한 의견을 들으며 나는 생각에 잠겼다.

"……아, 아니, 그래도. 여자애라도 비교적 이성이란 걸 의식하지 않고 대화할 수 있는 사람은 있어요."

내가 떠올린 건 야마나와 타니키타였다. 친하다고 말할 정도는 아니지만 평범하게…… 다른 사람들 눈에는 수상해 보일지 몰라도 나 개인적으로는 그럭저럭 평범하게 대화를 나눌 수 있었다.

"그거야 그 애들이 너한테 전혀 연애적인 관심을 드러내지 않고 있기 때문이겠지. 잘은 모르겠지만. 시험 삼아 상상해 봐, 그 애들이 호감을 표시하면서 널 대하는 모습을."

"엑……."

망설이면서도 시키는 대로 상상해 보려고 했다. 시험 삼아, 야마나로…… 세키야 씨를 처다보던 애정 넘치는 그녀의 표정은 제삼자인 내가 옆에서 봐도 사랑스러웠다. 그 시선이 만약 나를 향한다면……?

"나쁘지 않지?"

"……음, 뭐."

하필 세키야 씨 앞에서 야마나 생각을 해 버린 게 양심에 찔려서 나는 말을 아끼며 고개를 끄덕였다.

"그것 봐. 전혀 가슴이 두근거리지 않는 여자 사람 친구 같은 건 없다고. 진짜로 바람을 피울 게 아니면 자기를 좋아하는 애랑 얘기하는 것 정도는 상관없지 않을까? 여친의 동생이라는 배덕감도 포함해서, 그 두근거림을 즐기는 건…… 너한테는 무리겠지만, 딱히 나쁜 짓을 하고 있는 것도 아니니까 그냥 늘 하던 대로 대해."

늘 하던 대로…….

늘 하던 대로란, 대체.

"그, 그래도. 최소한 루나한테는 말하는 게 낫지 않을까요?"

"너 바보냐? 여친한테 뭐라고 말할 건데. '네 여동생이랑 얘기하면 가슴이 두근거려'라고? 듣는 사람의 마음이 어떨지 생각해 봐. 세상엔 모르는 편이 나은 일도 있어. 여자친구랑 모든 일을 낱낱이 공유하는 것만이 네 성실성을 드러내진 않는다고."

세키야 씨의 말은 다시없을 정론으로 들렸다. 나는 끽소리도 내지 못했다.

"그런 소리를 하다간 앞으로도 계속 여자친구 말고 다른 여자애들이랑은 잘 못 지낼걸. 여친이 있어도 귀여운 애들이랑 대화하는 것 정도는 상관없잖아? 혼자서 가슴 설레고 럭키라고 생각하면서 넘어가면 되는 거야. 너 자신의 세계도 소중히 생각해. 인생을 즐기라고. 평생 여자 사람 친구 한 명 없이 살아도 괜찮겠어?"

"그건……."

괜찮지, 않은 것 같은, 기분이 든다.

그건, 왜일까?

"그럼 결론은 났네! 자, 자습실로 돌아가자고. 뭐야, 결국 인기 많은 걸 자랑하려고 그런 거였잖아? 이 망할 자식."

세키야 씨가 약이 오른 듯 울분을 터뜨리더니 자리에서 일어나 테이블 위를 치우기 시작했다.

나는 그런 그를 따르며 석연치 않은 기분을 느끼고 있었다.

"······그런데 너, 지망대학은 정했어?"

"네?"

자습실로 향하는 도중 건네 온 물음에 나는 당황했다.

"전, 아직 고2인데요?"

"그래도 이미 정해 둔 데는 있을 거 아냐. 입시공부를 시작했는데 지망대가 한 곳도 없다는 건 이상하지 않아? 목표가 있어야 향상심도 생기지."

"······."

확실히······ 일단 가능한 한 분발하려고 다짐하고는 있지만, 목표가 확실하지 않다 보니 다소 헤매는 감이 있다는 건 부정할 수 없었다.

"공부를 하는 것도 물론 중요하지만, 그 시간을 약간 쪼개서라도 지망대학에 대해 고민해 보는 게 좋을 거야. 안 그러면 벽에 부딪치니까."

"허어······."

살짝 흠칫한 건 세키야 씨의 말대로 최근에 벌써부터 공부를 하면서 벽에 부딪치는 느낌을 받고 있었기 때문이다.

루나는 나보다 다양한 경험을 쌓아서 같은 나이인데도 훨씬 어른스러웠다. 그런 그녀를 얼른 따라잡고 싶어서 입시 공부를 시작하긴 했지만.

전혀 따라잡을 수 있을 거란 생각이 들지 않았다.

빨리 어른이 되고 싶은데.

나는 아직 동정이었고, 입시공부도 현시점에서는 어느 정도로 목표에 가까워졌는지 알 수 없었다. 목표가 정해지지 않았으니 당연하다.

　그런 조바심 때문인지 매일 같이 자습실을 들락거리면서도 기합만 헛돌고 있는 것 같다는 생각에 의기소침해질 때가 있었다.

　그런 내 속마음을 세키야 씨에게 간파당한 듯해 창피했다.

　"고민해 볼게요……."

　나는 일단 그 말만을 하고는 세키야 씨를 따라 자습실 문을 통과했다.

제 1.5장 쿠로세 마리아의 비밀일기

요사이 가끔 생각한다. 내 행복은 어디에 있는 걸까?

만약 카시마가 단 한 순간만이라도 내 것이 되어 준다고 한다면…… 그 뒤에 나는 어떻게 되는 걸까?

카시마가 루나를 버리고 나를 대신 선택해 줄…… 그런 미래가 있을 수 없다는 건 내가 제일 잘 알고 있다.

설령 루나가 물러난다고 해도, 카시마의 마음속에는 계속 루나가 남아 있을 것이었다.

루나는 뮤즈(여신)니까.

이야기 속 히로인은 언제나 루나.

솔직하고 밝고 누구와도 금세 마음을 터놓고, 늘 낙천적이고 지나간 일에 연연하지 않고 친구가 많고…….

예전부터 줄곧, 나는 속으로 루나를 동경하고 있었다.

루나가 되고 싶었다.

쌍둥이인데도. 나는 루나와 전혀 다르니까.

나도 엄마의 배 속에서 아주 조금 뭔가가 달라졌다면 루나가 될 수 있었을지도 모르는데.

그렇게 생각하며 내가 생각한 '루나'를 연기하기 시작했더니 어느새 '내숭쟁이'라고 불리게 됐다.

루나는 분명 내 성대모사 따윈 할 줄도 모르겠지.

그도 그럴 게 루나는 내가 되고 싶다고 생각한 적이 없을 테니까.

나만.

나만 늘 이렇게 루나를 강하게 의식하고 있다.

옆에 없을 때도.

타인에게 호감을 얻고 싶다는 생각이 들 때마다 나는 항상 루나를 떠올렸다.

루나라면 이 상황에서 어떻게 행동할까 하고.

하지만 고등학교에서 루나를 다시 만났을 때 나는 실수를 하고 말았다.

루나라면 절대로 하지 않을 일…… 책략으로 남을 함정에 빠뜨리는 짓을 해 버렸다. 루나를 향한 질투 때문에.

그 덕택에 가면이 허무하게 벗겨져 나는 지금 내 본모습대로 지내고 있지만.

나는 계속 출구 없는 미궁을 헤매고 있다.

내 해피엔드가 보이지 않는다.

보이지 않아도, 이 길을 곧장 나아가는 수밖에 없는 것이다.

이 미궁을 헤매게 된 건 내 그릇된 행동 탓이니까.

그래도, 사실은.

누구라도 좋으니까…… 구해 줬으면 좋겠어…….

카시마. 제발 날 도와줘.

너의 빛으로 날 인도해 줘…….

제 2 장

종합과목 수업시간에 수학여행 조 활동이 시작된 날, 잇치가 오랜만에 등교했다.

"……헐…… 저 애 설마……."

"이지치야……?"

반 아이들이 가볍게 술렁거렸다. 그것도 무리는 아니었다.

잇치는 엄청나게 말라 있었다.

눈을 파묻히게 했던 볼 살이 깎여나간 덕에 두 눈동자를 제대로 확인할 수 있었고, 외까풀 눈의 가로로 찢어져 실눈 같던 인상이 사라졌다. 빵빵하던 허리둘레도 날씬해져서 교복 천 자락이 정체되는 일 없이 매끄럽게 허리 아래로 떨어지고 있었다.

즉, 키가 크고 골격이 튼튼한 지극히 일반적인 체형의 남고생이 되었다는 뜻이다.

"잇치…… 무슨 일이 있었던 거야?!"

심상치 않은 분위기에 감히 다가가지 못하던 나는 1교시 종합과목 수업이 시작되고 나서야 조 활동 때문에 책상을 당겨 앉은 잇치에게 말을 걸 수 있었다.

"후후후……."

그러자 잇치가 야릇한 기운을 두른 채 불손하게 웃었다.

"이제야 알았나 보지? 캇시. 내가 마침내 '참가 키즈'가 됐다는 걸."

"뭐어?!"

"잇치, 거짓말이지?!"

어느새 옆에 와 있던 닛시도 놀라 소리를 질렀다.

참가 키즈는 KEN 키즈 중에서 KEN과 함께 동영상 스트리밍을 위한 게임을 플레이하는 키즈를 말한다. 잇치와 닛시는 줄곧 그것을 목표로 게임 실력을 갈고닦았지만, 그런 키즈는 전국에 널려 있었기에 여간해서는 이룰 수 있는 꿈이 아니었다.

"잇치, 타니키타한테 차여서 침울해하고 있었던 거 아니었어……?"

초조한 표정의 닛시에게 잇치가 당당하게 미소를 지어 보였다.

"확실히 그랬지……. 하지만 난 그저 침울해져 있지만은 않았어. 그 슬픔과 분노의 감정을 승화시키려고 게임에 몰두했지……. 어느새 나는 며칠, 몇 주 동안 먹지도 마시지도 않고 건축만 하고 있었어."

"아무리 그래도 '몇 주 동안'은 과장이 너무 심했어."

"그 정도면 죽어."

"그래서, 얼마 전 600명 크래프트를 앞두고 참가자를 선발하려고 열린 채용시험에서 세계 유산급 건물을 30분 만에 쌓아 올렸는데, KEN한테서 SNS로 쪽지가 도착했어. ……'채용'이라고 말이야."

"뭐?!"

"서, 설마, 어제 방송에서 소개된 새 건축 키즈 중에……."

"맞아. '인싸 유스케'가 내 닉네임이야."

모르는 사람은 무슨 말을 하고 있는 건지 전혀 이해가 안 되겠지만, 잇치가 몰두하고 있는 건 '유어크래프트'라는 디지털 레고 블록 게임 안에서 건물을 세우는 것이었다.

잇치는 원래 뼛속까지 이과인 데다 수학을 엄청 잘해서 남들보다 뛰어난 건축 실력을 가졌다고 해도 이상하지 않았다. 타니키타에게 차인 뒤 두문불출하며 극한 상태에서 무심히 게임만 하다가 숨겨진 재능이라도 꽃핀 모양이다.

"이럴 수가……!"

닛시는 잇치가 자신을 앞지른 것에 충격을 받은 듯 머리를 감싸 쥐었다.

나는 그런 닛시를 보다 불현듯 깨달았다.

"어라? 닛시, 그런데 왜 우리 반에 있어? 지금은 종합 수업 중인데……."

"우리 반도 종합 수업 중이거드으으은!"

의문을 입에 담은 내게 닛시가 금방이라도 울음이 터질 것 같은 얼굴로 하소연했다.

"살려줘! 수학여행 조 짜기 때, 우리 반 정원은 33명이잖아? 정신을 차리니까 7명짜리 조가 네 개 만들어져 있어서 남겨진 나는 남은 4명짜리 조에 들어갈 수밖에 없었어. 그런데 그 4명짜리 조가 웬걸, 남녀로 둘둘씩 커플끼리 모인 조였던 거야! 러브러브 더블데이트

커플들 사이에 낀 솔로인 나! 죽고 싶더라니까~!"

"우와……."

상상을 초월하는 가혹한 상황에 저도 모르게 마스다 코스케 극장*
캐릭터의 표정을 지었다.

"너희들을 방해하지 않을 테니까, 책상 밑에라도 있게 해 줘……
부탁이야……."

"아, 알았어."

다행히 오늘부터 수학여행 전까지 종합과목 시간은 도서실을 오
가는 것도 허용되는 자유도 높은 수업이 될 예정이었다. 선생님도
대체로 자리에 없을 때가 많으니 닛시 한 명 정도는 섞여 있어도 그
럭저럭 넘어갈 수 있을 것이었다.

참고로 여자애들은 지금 도서실에 자료를 가지러 갔다.

"……그런데 야마나는 아직도 여전해?"

그때, 닛시가 주변의 눈치를 보며 불쑥 내게 물었다.

되물을 것도 없었다. '아직도 세키야 씨와 거리를 두고 있는 상태
냐'는 뜻이겠지.

"응, 여전해."

"그렇구나. 흐음……."

태연한 척하고 있지만 눈동자가 격렬하게 돌아가고 있다. 닛시의
짝사랑은 아무래도 현재 진행 중인 모양이다.

나는 군이 말하자면 세키야 씨를 미는 쪽이기에 적극적으로 닛시

---

* 일본의 단편 개그 만화 시리즈. 한국에서는 「개그 만화 보기 좋은 날」로 알려져 있다.

를 응원할 수는 없었지만, 친구로서 따스하게 지켜봐 주기로 했다.

"다녀왔어~!"

그때, 자료를 품에 안은 여자애들이 루나를 앞세워 도서실에서 돌아왔다.

"아, 니시나 렌이잖아."

"여기서 뭐해~?"

야마나와 루나가 건넨 말에 닛시는 "자, 잠시만" 하고 횡설수설했다. 야마나가 이름을 불러 줘서 동요한 눈치였다.

"그런데 이지치, 우리 조에 있어도 괜찮겠어?"

루나의 물음에 인싸 유스케, 가 아니라 잇치(Ver. 2.0)가 "……어" 하고 어물거리며 고개를 끄덕였다. 내용물은 예전의 잇치 그대로인 것 같다.

"……."

왠지 신경이 쓰여서 타니키타를 확인하던 나는 간과할 수 없는 장면을 목격하고 말았다.

타니키타가 잇치를 뚫어져라 쳐다보고 있었다. 뺨을 붉힌 채 당황한 듯이 벌어진 입술을 떨고 있다. 그러더니 별안간 수치심에 사로잡힌 것처럼 눈을 감고는 가져온 책을 얼굴 앞에 세워 자신과 잇치 사이를 가로막았다.

"……?!"

뭐, 뭐지? 본인이 그렇게 철저하게 차 버린 사람한테 이 반응은 대체?

그런 나의 의문은 잇치가 자리를 비웠을 때 밝혀졌다.

"있지, 봤어? 이지치."

인싸 여자애들에게 둘러싸여 주눅 들어 있던 잇치가 조원들을 대표해 필요 없어진 자료들을 반납하러 가는 역할을 자진해서 떠맡고, 닛시도 따라가겠다고 말하며 두 사람이 자리를 비우기 무섭게 타니키타가 여자애들에게 흥분한 기색으로 말을 걸었던 것이다.

"엥, 뭐가?"

"아, 엄청 살이 빠졌더라. 깜짝 놀랐어."

루나와 야마나가 대답했다. 쿠로세는 자기에게 걸어온 말은 아니라고 생각했는지 혼자 자료 책을 읽고 있었다.

"그게 아니라, 대박이지 않아? 이준을 쏙 빼닮았어."

그게 누구더라……? 그렇게 생각하며 루나를 보자 눈이 마주친 그녀가 'VTS의 멤버'라고 입을 빠끔거리며 알려주었다.

그렇구나, 타니키타가 좋아하는 한류 아이돌이구나.

"완전 대박이야. 아직도 가슴이 두근거려. 이지치가 분명 이준이랑 키가 똑같았지? 거의 이준이잖아, 그러면!"

"엥…… 그, 그렇게 닮았나?"

"그런데 아카리가 좋아하는 건 제미 아니었어?"

루나와 야마나의 태클에 타니키타가 입술을 삐죽거렸다.

"제미는 그냥 덕질을 하는 거고! 내가 유사 연애로 먹고 있는 건 이준이니까."

"그러시군요."

"그럼 이지치랑 사귀면 되지 않아?"

루나의 말에 타니키타는 황당한 표정을 지었다.

"무, 무슨 소리를 하는 거야?! 그게 될 리가 없잖아! 난 문화제 때 고백해 온 이지치를 흠씬 두들겨 패서 한 달 동안 결석하게 만들었다고!"

아, 그건 자각하고 있었구나⋯⋯. 자각하고 있는데도 그 정도 반응이었구나. 역시 강인한 하트의 소유자답다.

"게다가 '그럼 나도 이지치 널 외모만 갖고 좋아하란 소리겠네?'라는 말까지 쏴붙였는데, 결국 얼굴에 반한 셈이 된 거잖아! 구려! 구린 데다 너무 뻔뻔스러워! 죽어도 못 해!"

타니키타는 얼굴을 감싸며 다리를 버둥거렸다.

궁금해져서 책상 위에 있던 스마트폰을 조작해 '이준'을 검색해 봤다. 확실히 지금의 잇치와 비슷한 계열의 생김새이긴 했지만 사진마다 머리색과 헤어스타일이 다르고 화장도 한 상태라 솔직히 어디가 그렇게 닮았는지는 알기 힘들었다.

뭐, 팬인 당사자가 '쏙 빼닮았다'니까 닮은 거겠지.

"그러니까 절대 안 돼! 절대 본인한테 말하지 마!"

"엥~ 아까워~! 이지치도 아직 아카리를 좋아할 수도 있으니까, 말하면 사귈 수 있을지도 모르잖아."

"그래, 살이 쏙 빠질 만큼 아카리한테 차여서 충격을 받았다는 거잖아? 분명 미련이 남아 있을걸."

루나와 야마나가 그렇게 말해도 타니키타는 완강하게 고개를 저었다.

"없어. 없으니까. 그런 소릴 해 놓고 내 쪽에서 고백이라니, 절대 못 해."

그리고는 불쑥 내 쪽을 쳐다보았다.

"카시마 너도, 이지치한테 절대 말하지 마. 말하면 죽일 줄 알아."

아무 짓도 안 했는데 무서운 얼굴로 윽박을 질러서 나는 속으로 '히익' 소리를 내며 몸을 떨었다.

"무, 물론이죠⋯⋯!"

잇치는 잇치대로 참가 키즈가 되어 들떠 있으니 이 두 사람의 문제는 지금은 내버려 두는 수밖에 없을 듯했다.

하지만 딱 한 가지, 내가 꼭 확인해 두고 싶은 것이 있었다.

"그런데⋯⋯ 저기, 타니키타?"

"응?"

웬일로 말을 걸어온 나를 의아하게 쳐다보는 그녀에게 내가 말했다.

"잇치는 동정이거든?"

타니키타의 미간에 커다랗게 주름이 졌다.

"⋯⋯그래서?"

"어?"

저번에 야마나한테 그런 말을 해 놓고선 그래서라니⋯⋯ 그렇게 생각하는 내게 타니키타는 험악한 표정 그대로 입을 열었다.

"카시마. 여자를 이유 불문하고 발정시키는, 거의 유일한 최강의

스위치를 가르쳐 줄까."

범상치 않은 박력에 숨을 삼키는 내게 타니키타가 말했다.

"그건 말이지, '외모가 압도적으로 취향'이라는 거야."

"……."

"그 사실 앞에서는 다른 온갖 조건들은 그다음으로 미뤄지지."

"……."

참 노골적이다.

너무나도 적나라한 대답에 시원함마저 느껴졌다.

아연실색한 나는 당당하게 서서 내 쪽을 쳐다보는 타니키타에게 다음으로 대꾸할 말을 찾지 못했던 것이었다.

◇

종합과목 수업은 그 다음 주도 비슷한 느낌으로 진행되었다. 닛시 또한 마찬가지로 우리 반에 잠입해 왔다.

거의 자습 시간이나 마찬가지라 앉은 채로 졸거나 땡땡이를 치는 등 뭐든지 할 수 있었다. KEN에게 새로운 건축 과제를 받았다는 잇치는 연일 계속된 수면 부족 때문에 책상을 맞대자마자 바로 잠에 들어 버렸다. 걸핏하면 밤늦게까지 학원과 학교 시험공부를 했던 나도 그만 덩달아 선잠에 들고 말았다.

불현듯 눈을 떴을 때는 수업이 시작된 지 30분쯤이 지나 있었다. 루나는 자리에 없었고, 쿠로세와 타니키타의 모습도 보이지 않았다.

같이 도서실에 간 모양이다.

우리 조의 자리에 있던 건 야마나와 닛시, 그리고 세상 모르게 잠든 잇치뿐이었다. 닛시는 타니키타의 자리에 앉아 야마나와 아무것도 하지 않고 마주 보고 있었다. 때마침 화제가 끊겨서 무료한 침묵이 흐르던 참인 듯했다.

두 사람은 내가 잠에서 깼다는 사실을 아직 눈치 채지 못한 기색이었다. 왠지 그대로 있는 편이 나을 것 같은 기분이 들어 나는 재차 책상에 고개를 숙이며 시선만 두 사람 쪽으로 향했다.

"……그, 그러고 보니까."

닛시가 입을 열었다.

저 닛시가…… 우리 세 사람 중에서도 비틀린 사춘기의 자의식을 갖고 있기로는 단연코 1등일 듯한 닛시가 먼저 여자에게 말을 걸다니, 나는 남몰래 감격했다.

"우리 둘 다 성에 '나(名)'가 붙어 있네."

순간적으로 '엥?' 하긴 했지만 니시나와 야마나…… 말을 듣고 보니 그랬다. 여태까지 전혀 생각해 본 적이 없었다.

"그러네."

야마나는 나른한 기색으로 턱을 괸 채 대꾸했다. 딱히 닛시가 앞에 있어서 불쾌하다기보다는, 수업 중의 그녀는 늘 이런 식이었다.

"그게 어쨌는데?"

되묻는 말에 닛시가 살짝 허둥거렸다.

"아니, 딱히…… 그냥, 뭐가 있는 것 같아서."

"뭐가?"

"아니, 그게…… 뭐냐면…….”

닛시는 횡설수설하며 열심히 목소리를 쥐어짜냈다.

"우, 운명, 이라든가?”

말했다…….

이 정도면 아무리 야마나라도 닛시의 마음을 알아채지 않을까.

그렇게 생각하며 마른침을 삼키는데, 야마나가 턱을 괸 자세 그대로 닛시를 향해 입을 열었다.

"설마 날 유혹할 셈이야? 너한테는 10년은 일러.”

나였다면 기가 꺾였을 대답이지만 닛시는 굴하지 않았다.

"그럴 수도 있겠지만.”

악착같이 물고 늘어지며 야마나를 바라보았다.

"뭐라도 하지 않으면 아무것도 되지 않잖아.”

그 말에 내 머릿속에서 폴로셔츠를 입은 남자 2인조가 '당연한 당연한 체조~'*라고 노래를 부르며 춤을 추기 시작했다. 하지만 야마나에게는 마음을 울리는 뭔가가 있었는지 뺨에 설핏 홍조가 돌았다.

"……난, 남친이 있어.”

"알아.”

퉁명스러운 야마나의 말에 닛시도 부루퉁한 어조로 대꾸했다.

"그래도 연락은 못 하고 있다며? 입시가 끝날 때까지.”

야마나가 턱을 괸 손을 풀고 진지한 얼굴로 닛시를 쳐다보았다.

---

* 일본의 코미디언 콤비 COWCOW의 대표 개그.

"······네가 선배 대신이 돼 주겠다는 소리야?"

닛시가 긴장한 기색으로 고개를 주억거렸다.

"노, 노력할게."

야마나는 그런 닛시를 미심쩍은 눈으로 물끄러미 쳐다보았다.

"단언할게. 넌 절대 무리야."

"그건 모르는 일이잖아!"

울컥한 듯이 언성을 높이며 닛시가 반박했다. 그리고는 교실 문 쪽을 보더니 후다닥 책상 아래로 들어갔다.

다가온 것은 루나와 쿠로세와 타니키타였다. 아무래도 닛시는 선생님이 돌아온 줄 알고 반사적으로 숨은 모양이었다.

"다녀왔어~."

"그런데 루나~, 이 녀석들이 전혀 깰 생각을 안 하는데. 두들겨 깨울까? 오늘은 아무것도 한 게 없잖아."

야마나가 루나에게 투덜거렸다. '이 녀석들'이란 나와 잇치를 말하는 것이리라.

반사적으로 가늘게 떴던 눈을 감고 그대로 자는 척했다. 아까부터 깨어 있어서 닛시와 야마나가 주고받은 대화까지 다 들었다는 걸 들키지 않기 위해서였다.

"됐어. 아마 피곤했겠지."

루나가 웃으며 자리에 앉는 것이 소리로 느껴졌다.

"류토가 요새 공부 때문에 바쁜 모양이더라고. 잠을 별로 못 잔 게 아닐까? 류토 건 내가 대신 할 테니까."

배려심 넘치는 루나의 목소리에 저도 모르게 가슴이 뭉클해졌다.

"그럼 이지치 거는 내가 대신 할게!"

타니키타도 들떠서 재잘거렸다.

"잠든 얼굴도 완전 이준이네! 찍고 싶어! 선생님이 오려면 아직 멀었겠지? 스마트폰을 꺼내도 되려나?"

"아하하, 그거 불법촬영이야, 아카리~."

"그런데 아이돌의 잠든 얼굴은 어떻게 알고 있는 거야?"

"멤버가 종종 대기실 영상을 업로드 해 주거든."

타니키타가 루나와 야마나에게 대답했다.

청춘이라고 생각했다.

다들 누군가를 마음에 두고 있다.

비록 그것이 일방통행에 가까운 것이라 해도.

그런 생각을 하며 슬쩍 눈을 뜬 나는 눈이 마주친 사람을 보고 놀라 다시 눈을 감았다.

나를 바라보며 가만히 미소 짓고 있던 쿠로세의 모습이 한동안 눈꺼풀 뒤쪽에 아로새겨져 떨어지지 않았다.

◇

어느 날 학원에서 집으로 돌아가던 길. 완전히 어둑해진 길을 지나 역으로 걸어가는데 뒤에서 누군가가 말을 걸었다.

"카시마."

가슴이 철렁거렸다. 뒤를 돌아보기 전부터 그 사람이 누구인지 짐작했기 때문이다.

"쿠로세……. 수업 마치고 나온 거야?"

옆에 나란히 선 쿠로세가 미소를 지으며 나를 보았다.

"아니, 자습실. 시험공부를 하다가 늦게 나와 버렸어."

"아, 나도. 다음 주가 시험이니까."

"그치~. 키노.의 신규 영상도 보고 싶은데, 보고 싶은 동영상이 점점 쌓여가고 있어~."

"동영상 하니까 말인데, 저번에 쿠로세가 추천해 준 거 봤어."

"헉, 정말?!"

그렇게 시작된 게임 실황 영상 화제로 우리들은 신나게 이야기꽃을 피우며 함께 귀갓길에 올랐다.

"그러고 보니 카시마가 말했던 게 생각나서 얼마 전에 오랜만에 KEN의 인랑 영상을 봤어."

"오, 어땠어?"

"재밌었어! KEN보다 인랑을 더 잘하는 사람이야 제법 있겠지만, KEN만큼 재밌는 영상을 올려 주는 사람은 그렇게 많지 않지."

"정말?"

인랑에 진심인 쿠로세가 그렇게 말하자 내가 칭찬을 받은 것처럼 마음이 뿌듯해졌다.

"그럼, 괜찮으면 유어크래프트 영상도 한번 봐봐."

"아, 이지치가 출연하는 그거지? 저번에 얘기하던 거 들었어."

"맞아. 신규 출연자가 나온 회차부터면 입문하기도 쉬울 거야."

"하긴 그렇겠다. 그럼 제목 좀 알려 줘."

"응…… 잠시만 기다려 봐, 검색해 볼 테니까. 우와, 벌써 한참 밑으로 내려갔네. KEN은 대체 얼마나 영상을 올리는 거야."

그렇게 대화를 나누다 보니 눈 깜짝할 사이에 K역에 도착하고 말았다.

"쿠로세, 오늘은 자전거 타고 왔어?"

역 앞 로터리에서 물어보자 쿠로세는 잠시 눈을 굴리더니 고개를 저었다.

"아니. 걸어 왔어."

"그렇구나……."

망설인 건 얼마 전 그녀를 집까지 바래다줬을 때가 떠올랐기 때문이다. 때마침 쿠로세의 집 앞에서 기다리던 루나와 딱 마주쳐서, 그녀에게 불신감을 주고 말았다.

하지만 시간은 벌써 저녁 10시가 되어가고 있었다. 아무리 친구라도 여자를 혼자 집으로 돌려보내는 건 남자답지 못한 행동이라는 생각이 들었다.

잠시 고민하다 내가 내린 결론은…….

"……우리 집이 이쪽 길로도 갈 수 있거든. 큰길을 돌아서 나오는 편의점이 있는 데까지 같이 가자."

그렇게 하면 어디까지나 '어쩌다 마주친 같은 반 아이와 집으로 가는 길 중간까지 동행했다'는 공명정대한 이유로 그녀를 도중까지 바래다줄 수 있었다.

"……응, 고마워."

쿠로세는 살짝 아쉬운 듯한 표정을 짓더니 뺨을 붉히며 말했다.

"……전에는 미안했어. 그 뒤에 루나가 화를 냈지?"

쿠로세가 걸음을 떼며 그렇게 물었다.

루나와 마주친 일을 말하는 거겠지.

"아…… 아니, 화를 내지는 않았어."

"그래?"

쿠로세가 뜻밖이라는 표정을 지었다.

"루나가 친구들 앞에서는 잘 화를 내지 않는데, 내 앞에선 화가 나면 엄청 무서웠거든. 그래서 카시마한테도 그런 모습을 보여준 줄 알았어."

"어? 아, 아닌데……. 그랬구나."

루나가 화내는 모습…… 삐쳐서 칭얼거리거나 질투를 하거나 평소보다 감정을 숨기지 않고 드러내는 그녀는 몇 번인가 본 적이 있지만, 분노를 노골적으로 표출하는 모습은 상상도 가지 않았다.

"역시 남자친구랑 동생은 다른가 보네."

먼 옛날의 기억을 더듬듯이 쿠로세가 슬쩍 눈을 좁혔다.

"우린 서로에게 가장 친한 친구이자 가장 큰 라이벌이었으니까. ……적어도 나는 그렇게 생각했어."

"……시라카와는 어떨 때 화를 냈어?"

내가 질문하자 쿠로세는 시선을 먼 곳으로 던졌다.

"루나가 여태까지 중에서 제일 많이 화를 냈던 건 '치짱' 사건 때였으려나?"

그렇게 말하며 설핏 미소 짓는다.

"'치짱'은 고양이 인형이야. 어렸을 때 내가 큰외삼촌이랑 놀러 갔을 때, 쇼핑몰에서 잠깐 쳐다봤더니 사 주셨어."

우리들은 큰길에 난 넓은 인도를 나란히 걸었다. 가로등에 비친 발치를 내려다보며 쿠로세가 말했다.

"하지만 난 봉제인형 같은 거에 별로 관심이 없었어. 그래서 집으로 가져와서 방치해 두고 있었는데, 루나가 '이 인형 내가 가져도 돼?'라고 하길래 그러라고 했지. 그랬더니 루나가 '치짱'이란 이름을 붙이고 리본을 매어 주거나 손수건으로 옷을 만들어 입히면서 귀여워하기 시작했어."

그런 어린 시절의 루나를 상상하자 귀엽고 흐뭇해서 가슴이 꽉 조여들었다.

"그 모습을 보다 보니까 치짱이 왠지 엄청 귀여워 보여서, 아까워지더라고. 그래서 루나가 치짱을 데리고 나가려던 때에 역시 치짱을 돌려달라고 했어. 그랬더니 불같이 화를 내면서 안 된다고 소리를 지르며 날 때렸어. 아직 여섯 살이나 그쯤일 때였는데도 또렷하게 기억나. 그때 루나가 되게 무서웠거든."

쿠로세는 살며시 입술을 깨물며 고개를 숙였다.

"지금 돌이켜보면 내 잘못이었다고 생각해. 하지만 그때는 그렇게까지 화를 낼 필요는 없잖아 싶어서 아주 통곡을 했지."

설핏 쓴웃음을 지으며 쿠로세가 고개를 들었다. 그 시선 끝에는 밤하늘에 낮게 걸린 초승달이 있었다.

"……난 루나를 동경했어. 그래서 루나에게 사랑받는 걸 갖고 싶었어. 굳이 치쨩이 아니더라도 상관없었을지도 몰라."

그리고는 묵묵히 얘기를 듣고 있던 나를 보며 웃었다.

"우리들, 정말 안 닮았지?"

"으, 응…….."

"외모가 귀엽다고 해서 그것만으로 인기가 생기지는 않아. 루나는 루나라서 사람들에게 사랑받는 거야. 그건 루나의 재능이지."

쿠로세는 루나 얘기가 나오면 말수가 많아졌다. 게임 실황과 관련된 화제에선 서로 대화 점유율이 비슷하지만, 루나에 대해서는 그녀가 훨씬 압도적인 정보량을 가지고 있기 때문이리라.

그리고, 그걸 말하고 싶어서 어쩔 줄 모르는 것 같기도 했다.

그랬다.

쿠로세는 루나를 정말로 좋아하는 것이다. 지금도.

누구에게라도 이렇게 재잘거리고 싶어질 만큼.

"루나가 부러워……. 나한테는 사람들의 호감을 사는 재능이 없었어."

아름다운 사람이라고 생각한다. 예나 지금이나.

이 옆얼굴에 죽을 만큼 애가 탔다. 한 가닥 희망을 품고 마음을 고백했다가 허망하게 차인 것이 4년 전이다.

"……안 그래. 중1 때부터 쿠로세는 인기가 많았어."

당시의 기억을 회상하자 목구멍에서 쓴 물이 올라오는 것을 느끼며 나는 말했다.

그때 실연을 당하지 않았다면 지금의 나는 없었다.

그때처럼 어차피 차일 거라 각오했기에 무모한 짝사랑을 얼른 끝내려고 루나에게 고백할 수 있었다.

현재는 과거와 잇닿아 있다.

나는 '경험이 없'지만, 사랑을 해 보지 않은 건 아니었다.

누군가를 좋아하게 되고 그 마음이 점차 스러져가는 과정도 '사랑'이라 부른다면, 나는 멋지게 사랑을 했다.

내 첫사랑은 너에게 준 것이다.

네게는 불필요한 것이었을지도 모르지만.

그래도 나는 너를 사랑한 것을 후회하지 않는다.

"……중1 때, 말이지."

내 말을 곱씹듯이 쿠로세가 작게 중얼거렸다.

"그때 나는 온통 거짓말투성이였어."

쿠로세는 자조하듯이 웃으며 나를 보았다.

"그건 '루나 같은 여자애를 연기하던 나'였어. 그러니까 카시마가 좋아했던 건 역시 루나고."

"……아냐."

나는 고개를 저었다.

"쿠로세는 쿠로세야."

쿠로세는 그때부터 루나와는 전혀 달랐다.

나는 쿠로세의 쿠로세다운 구석이 좋았다.

"그러니까…… 진짜 쿠로세가 어떤 사람인지 알게 되면 앞으로 분명 많은 사람들이 쿠로세를 사랑해 줄 거야."

하지만 쿠로세의 표정은 흐렸다.

"많은 사람들…… 말이지."

씁쓸한 미소를 지은 채 혼잣말한 쿠로세가 아련한 눈길로 달을 올려다보았다.

"……역시 저 달에는 못 이기려나 봐."

그 순간, 나는 깨닫고 말았다.

그녀의 속마음을.

——내가, 멋대로 좋아하는 것뿐이야.

체육제 날 옥상에서 쿠로세가 했던 그 말 속에 감춰져 있던 진심을 알게 된 듯한 기분이 들었다.

그날부터 계속 의문을 느꼈다.

나는 루나와 헤어질 생각이 없다. 그 사실을 충분히 알고 있을 쿠로세가, 어째서 계속 나를 '멋대로 좋아'하는 건지.

문화제 날 잇치가 타니키타에게 고백했을 때 타니키타는 이렇게 말했다.

——고백은 게임이 아냐. 확률이 10분의 1인 뽑기라면 10번을 돌리면 한 번은 맞겠지만, 같은 사람에게 같은 타이밍에 10번을 고백한다고 해서 딱 한 번 받아주는 경우는 없다고. 안 될 때는 죽어도 안 되는 거야. 그리고 현실 세계에선 리셋 노가다를 할 수도 없어.

——좋아하는 마음을 그대로 좋아하는 사람에게 밀어붙이지 않는 것도 사랑이라고 할 수 있지 않을까?

그때 나는 쿠로세를 생각했다.

쿠로세가 나를 그 정도로 좋아하나 싶어 동요했다.

하지만 아니었다.

쿠로세는 그저 원하는 결과가 나오지 않을 것을 알고 있는 뽑기를 돌리지 않았을 뿐이다.

그리고는 예상치 못한 사정으로 우연히 일어날지도 모를 버그를 기다리고 있다.

내가 루나가 아닌 쿠로세를 선택하는 버그를.

틀림없이 괴로웠을 터다.

그동안 나는 루나와의 관계만 생각하느라 쿠로세와 계속 친하게 지내도 될지 고민하고 있었다.

내가 처음부터 쿠로세의 마음에 진지하게 접근했다면, 내가 택해야 할 길을 좀 더 빨리 알아차릴 수 있었을지도 몰랐다.

그 사실이 그녀에게 못내 미안했다.

——너 자신의 세계도 소중히 생각해. 인생을 즐기라고. 평생 여자 사람 친구 한 명 없이 살아도 괜찮겠어?

세키야 씨는 그렇게 말했지만.

모든 일에는 순서가 있다고 생각한다.

애초에 루나와 사귀기 전까지 나에게는 여자 사람 친구가 한 명도 없었다. 여자와 대화하는 것조차 드문 일이었다.

전부 루나가 시작이었다.

루나와 사귀게 된 뒤부터 새로운 세계가 열렸다.

루나가 없었다면 다시 만난 쿠로세와 친해지는 일도 없었다. 야마나나 타니키타와도 반이 바뀔 때까지 대화 한마디 나누지 못했을 것이다.

전부 루나가 있었기 때문이다.

나에게 무엇보다 소중한 건 루나다.

루나를 잃을 바에는 다른 친한 여자애 따위는 필요 없었다.

나는 세키야 씨와는 다르다. 여자 사람 친구라는 개념은 내 세상에는 처음부터 존재하지 않았던 것이다.

그러니 이것이야말로 나다운 선택이라고 생각한다.

"……미안, 쿠로세."

잠시 침묵하다가 그렇게 말한 나를 쿠로세가 의아한 기색으로 쳐다보았다.

"우린 이제 둘만 얘기하지 않는 편이 나을 것 같아."

쿠로세가 눈을 크게 뜨더니 표정을 굳혔다.

"쿠로세는 멋진 여자애고, 취향도 잘 통해서…… 대화하는 게 즐거웠어. 그러니까…… 그동안 정말 미안했어."

나는 쿠로세의 얼굴을 피하며 더듬더듬 말했다.

"시간이 흘러서…… 언젠가, 다시 친구가 될 수 있는 날이 온다면…… 그때 또 쿠로세랑 얘기를 나누고 싶어."

이기적인 말이라는 건 안다. 일방적으로 이런 소리를 하는 남자와는 두 번 다시 친구가 되어 주지 않을지도 모른다. 그럴 가능성이 더 높다고 생각한다.

그래도, 나는 이 길을 선택할 수밖에 없었다.

"짧은 시간이었지만, 몇 안 되는 내 친구가 돼 줘서, 고마워."

다시 바라본 쿠로세의 표정은 의외로 잔잔했다.

"⋯⋯나야말로."

마치 이런 날이 올 것을 각오하고 있었던 사람처럼 쿠로세는 가만히 미소를 짓고 있었다.

어느새 우리들은 갈림길 앞에 있는 편의점에 도착해 있었다.

"그럼⋯⋯."

먼저 한 말이 있는 데다 더 이상 대화를 끌 방법도 떠오르지 않아 나는 그 자리를 떠나려 했다.

"카시마."

그때 쿠로세가 나를 불러 세웠다.

"마지막으로 물어봐도 돼?"

"⋯⋯으, 응?"

뒤돌아본 내게 쿠로세가 옅은 미소를 띠며 말했다.

"중1 때, 왜 날 좋아하게 됐어?"

"어⋯⋯."

그런 질문을 할 줄은 몰랐기에 당황해 말문이 막혔다.

쿠로세를 좋아하던 무렵의 기억이 되살아난다. 옆자리에서 들려오던 잡음, 호흡, 말소리⋯⋯ 그녀의 일거수일투족에 가슴을 두근거렸던 그때가.

미소녀인데도 나한테 친절하게 대해 줘서. 나를 좋아하는 걸 수도 있다고 생각했지.

좋아하지 말라는 게 무리였다.

"⋯⋯예뻐서."

아무리 생각해도 그럴싸한 대답이 떠오르지 않아 그렇게 말할 수밖에 없었다.

"그래."

쿠로세는 아주 살짝 미간을 찌푸리며 미소 지었다.

"⋯⋯나도 물어봐도 돼?"

나도 그런 그녀에게 계속 궁금했던 점을 물어보았다.

"왜, 예전에 찼던 나한테 이제 와서 호감을 갖게 된 건지⋯⋯."

쿠로세는 자신이 루나를 비방하는 소문을 흘렸을 때 그녀의 얘기를 듣고 자기 일처럼 잔소리를 해 줘서 나를 좋아하게 됐다고 말했다.

하지만 정말로 그게 다였을까? 이미 한 차례 차이고도 짝사랑을 이어가는 게 과연 그 이유만으로 가능할까.

나는 그녀의 마음 깊은 곳에 있을 정제되지 않은 진심이 알고 싶었다.

"⋯⋯."

쿠로세는 나를 물끄러미 바라보더니, 별안간 힘을 빼듯이 헛웃음을 지었다.

"예전에⋯⋯ 카시마를 처음 만났을 때의 나는 사람들에게 사랑받는 게 무엇보다 중요했어. 그것만이 아빠에게 선택받지 못했다고 생각했던 내 마음을 지탱해주는 버팀목이었으니까. 한 명이라도 많은 남자애가 날 좋아하게 만들고 싶었어. 고백을 받으면 안심이 됐어. 카시마를 찬 건 아무하고도 사귈 생각이 없었기 때문이야. 그때는 내가 누군가를 좋아하게 되는 것이 중요하지 않았어. 누구 한 사람과 사귀었다간 다른 사람들에게 인기를 얻지 못하게 될 테니까."

나는 그녀가 하는 얘기를 묵묵히 듣고 있었다.

"이제 와서 카시마를 좋아하게 된 건⋯⋯ 그런 내 모습이 혐오스러워졌기 때문이야. 다시는 사람들에게 호감을 사기 어려울 거란 생각도 들었고. 남자친구가 있어도 만인에게 사랑받는 루나가 부러워 견딜 수 없었어. 카시마가 나보다 루나를 믿은 것도 분했어. 옛날엔 내 것이었는데⋯⋯ 그때, 내가 손만 뻗었다면⋯⋯. 만약 그랬다면 이 다정함은 모두⋯⋯ 지금은 대부분이 루나에게 가고 있지만⋯⋯ 그래도 가끔은 나한테도 보여 주는⋯⋯ 카시마의 다정함도, 하나도 남김없이 내 것이었을 텐데."

쿠로세가 입술을 깨물며 고개를 숙인 채 속삭였다.

"⋯⋯그렇게 생각했더니, 카시마 생각으로 머릿속이 가득 찼어."

내가 여전히 침묵하자 쿠로세는 얼굴을 들어 나를 보았다.

"바보 같지. 나도 알아."

억지웃음을 지어 보이며 쿠로세가 내게서 등을 돌렸다.

"그럼, 이만 가 볼게. 바이바이."

"아, 응······."

떠나가는 뒷모습을 바라보며 나는 생각했다.

아, 그랬구나.

어쩌면 나는 '치짱'이었는지도 모르겠다.

──나중에 혹시 너한테 접근하는 여자가 생겨도, 말해 두지만 그 애가 의식하고 있는 건 너 자체가 아니라 루나니까.

얼마 전 야마나에게 들었던 말이 떠올랐다.

쿠로세는 루나를 동경하고 있으니까.

──그래도, 왠지 그럴듯한데. 딱히 취향이 아닌 남자라도 '저 사람이 선택한 남자라면 분명 멋진 사람이겠지' 싶어서 5할은 더 괜찮아 보일 때가 있어.

타니키타가 말했듯이 그런 심리 기제가 작동했을지도 모른다.

마음이 놓이면서도 실망스럽기도 한 복잡한 기분이 들었다.

쿠로세는 나를 한 번도 돌아보지 않고 내게서 점점 멀어져 갔다.

쿠로세가 보고 있었던 건 내가 아니라 루나였다.

그렇다면 그녀의 진정한 행복은 루나와 다시 유대를 회복하게 되었을 때 찾아오지 않을까?

"······음, 너무 나간 것 같기도 하고."

아무리 머리를 굴려도 동정인 나로서는 진실을 알 도리가 없었다.

지금은 그저 루나의 계획이 계속 차질 없이 진행돼서, 두 사람의 관계가 얼른 예전처럼 돌아가기를 기도하는 수밖에 없었다.

내가 할 수 있는 일은 이제 더 없으니까.

그렇게 생각하는 사이에도 쿠로세의 모습은 점점 멀어져 갔다.

쿠로세가 걷고 있는 건 그녀의 집으로 이어지는 마지막 길이었다. 몇 백 미터 길이의 뒷골목으로 아파트 앞에는 낡아빠진 신사가 있는, 흉흉한 분위기가 감도는 좁은 길이었다.

쿠로세는 이제 신사 옆을 지나가고 있었다. 그녀의 집인 아파트에 도착하기까지 얼마 남지 않았다.

그 모습을 지켜보다 나도 집으로 가야겠다고 생각했을 때.

이제는 콩알만 한 크기가 된 쿠로세의 등 뒤에 별안간 다른 인영이 나타나더니 그녀 쪽으로 향했다.

왠지 가슴이 술렁거리는 기분이 들어 지켜보자…… 잠시 뒤 사람이 고함을 지르는 소리가 들려왔다.

그것은 먼 곳에서 터져 나온 비명소리였다. 내가 지금 서 있는 큰길에 있는 사람들은 아무도 신경 쓰지 않을 만큼 작은 소리였지만.

방금 낯선 이의 그림자를 목격한 나는 걱정이 되어 뛰기 시작했다. 쿠로세의 모습은 이제 보이지 않았다. 그 비명소리는 내 기분 탓이고, 그녀는 진작 아파트에 도착한 걸까…….

그랬으면 좋겠다.

애써 그런 기대를 품으며 신사 입구를 스쳐지나가려던 찰나.

"……?!"

눈앞에 검은 그림자가 튀어나왔다.

"우왁?!"

놀라서 휙 비켜서자 남자로 보이는 사람이 내 등 뒤로 달려 나갔다.

"……."

쿠로세가 아니었다.

그녀의 모습을 찾아 주위를 둘러보자…….

"쿠로세?!"

신사 부지 안에 쿠로세가 쓰러져 있었다.

"괜찮아……?!"

다가가 말을 걸자 쿠로세는 비틀거리며 몸을 일으켰다.

"카… 시마……?"

"어쩌다 이렇게 된 거야? 쿠로세……."

"……모르는 사람이 덮쳐서……."

그렇게 말한 쿠로세는 새파랗게 질린 얼굴로 부들부들 몸을 떨고 있었다.

아까 내 앞으로 뛰쳐나온 남자가 그 사람인 게 분명했다.

"소리를 질렀더니, 날 떠밀었어……."

그런 그녀를 남겨두고 떠날 수는 없었기에 어깨로 부축해 몸을 일으켜 세웠다.

수상한 남자는 벌써 떠난 지 오래였다. 나는 쿠로세를 데리고 근처 파출소로 향했다.

"아, 치한? 거기 신사에서 제법 나오는 편이야."

"고생이 많았죠. 저쪽 방에서 얘기를 좀 들어 볼게요."

순경 두 사람이 나와 덜덜 떠는 쿠로세를 안쪽 방으로 데려갔다.

"너는? 친구니?"

나이가 지긋한 순경의 질문에 나는 몸을 굳혔다.

친구…… 가 아닌 것이다. 이제, 우리는.

"아뇨……. 동급생이에요. 마침 지나가던 길이었어요."

그런 내 반응에서 뭔가를 감지했는지 순경의 태도가 갑자기 서먹해졌다.

"아, 그래? 그럼 나머진 우리한테 맡기렴. 너도 집에 안 가면 부모님이 걱정하시잖니."

"아, 네……."

파출소의 미닫이문이 닫히고, 그 자리를 떠날 수밖에 없었던 나는 걸음을 뗐다.

파출소가 있는 큰길은 밝고 오가는 차도 많았다. 일을 마치고 집으로 돌아가는 어른들이 빠른 걸음으로 인도를 걸어 꾸물거리는 나를 추월해 갔다.

내가 예전 같았다면 쿠로세가 이런 일을 당할 일도 없었을 것이다. 그녀를 집까지 바래다주고 갔을 테니까.

하지만 나는 이 길을 택했다.

그렇게 생각해도 납덩어리 같은 후회가 가슴을 턱 막았다. 갑갑했다.

어떡하면 좋지, 난…….

바지 주머니에 양손을 찔러 넣은 채 잠시 멍하니 길을 걷던 나는 내 집이 있는 아파트가 보이기 시작할 때쯤 우뚝 발을 멈췄다.

스마트폰을 꺼내 루나에게 전화를 건다.

벨소리가 다섯 번 울린 뒤 전화가 연결되었다.

"여보세요, 류토야? 류토가 웬일로 전화를 걸었대?! 와아!"

루나의 밝은 목소리를 들었더니 갑자기 마음이 놓이며 웃음이 새어나왔다.

"여보세요, 루나……."

"응?"

"저기, 어머니한테 연락할 수 있겠어?"

내 질문에 루나는 당황한 기색이었다.

"엥, 어머니? 설마 우리 엄마를 말하는 거야?"

"응……."

나는 잠시 망설인 뒤 입을 열었다.

"쿠로세가 방금 전에 치한이랑 마주쳐서 지금 파출소에 있어. 보호자가 데리러 와 줘야 할 것 같아."

언제든 본인이나 경찰이 연락할 테니 내가 이런 말을 할 필요는 없을지도 모른다.

하지만.

자신은 아무 잘못도 하지 않았는데 생판 모르는 사람의 습격으로 심신에 상처를 입고 지금은 경찰관 앞에서 혼자 불안함을 느끼고 있을 쿠로세에게 이제 친구조차 아닌 내가 해 줄 수 있는 일은 이것밖에 없었다.

친구가 아니게 되었어도, 우리들은 같은 반 학생이었다. 인간으로서 뭐라도 해 주고 싶은 마음까지는 부정하고 싶지 않았다.

게다가 나는 루나에게도 얘기를 해야 했다.

이 가슴을 꽉 채운 답답함을 해소하려면 그 방법밖에 없었다.

"뭐? 마리아가?! 으, 응, 알았어……. 연락해 볼게……."

루나는 머뭇거리면서도 그렇게 말해 주었다.

"그런데 류토, 마리아랑 같이 있었어?"

"그것 때문인데…… 지금 좀 만날 수 없을까? 내가 집 근처로 갈 테니까."

대답이 없다.

"……루나?"

못 들었나 싶어 물어보자, 겨우 반응이 돌아왔다.

"아, 응. ……알았어."

그 목소리는 어째서인지 어둡게 가라앉아 있었다.

◇

우리들은 루나의 집에서 50미터 정도 떨어진 곳에 위치한 편의점에서 만나기로 했다.

집 앞에서 루나가 걸어 나오는 것이 보였다.

실내복 위에 코트를 걸친 루나는 생각에 잠긴 표정을 짓고 있었다.

"무슨 일이라도 있었어? 이 시간에……. 꼭 오늘 얘기해야만 하는 일이야?"

내 앞으로 다가온 루나가 입을 열자마자 그렇게 말했다.

"……응, 실은……."

내가 말을 꺼내려던 그때였다.

루나의 두 눈에서 눈물이 넘쳐흘렀다.

"왜, 왜 울어?!"

"안 돼."

쩔쩔매는 나를 내치듯이 손으로 밀어내며 루나가 손끝으로 눈물을 훔쳤다.

"이건 정말 아니라고. ……심지어 마리아잖아? 더는 못 참겠어……."

"뭐가? 내가 하고 싶은 말은……."

"싫어!"

루나는 떼를 쓰는 아이처럼 고개를 내저었다.

"안 들을 거야, 난……. 아직 아무 말도 못 들었어. 여기로 불려 나온 것도 없었던 일로 칠 테니까……."

"무슨 소릴……."

"바람, 피운 거잖아? 마리아랑……. 류토니까 바람은 아니겠네. 이런 걸 두고 '변심'이라고 하는 거겠지."

"아냐……."

"난 상관없으니까!"

내 말을 가로막은 루나가 울면서 필사적으로 애원했다.

"류토라면 바람을 피운 것 정도는 용서해 줄 수 있으니까⋯⋯! 당분간은 연락도 안 할 테니까, 그러니까 차분히 마음을 가라앉히고 생각해 봐. 지금 당장 헤어지자고 하지 말고⋯⋯ 나한테 돌아와 줘⋯⋯."

"오해야, 루나."

"그럼 난 가 볼게⋯⋯."

몸을 돌리는 그녀의 모습이 슬로우 모션처럼 보였다.

불러 세우고 싶은데 목소리가 나오지 않는다.

루나는 벌써 걸음을 떼고 있었다.

"기다⋯⋯."

외치려던 목소리가 목구멍에서 얼어붙었다.

슈팅게임을 플레이하는 KEN의 망설임 없이 재빠른 사격을 줄곧 동경했다.

나는 우유부단했고, 그건 게임을 플레이할 때도 마찬가지였으니까.

어느 적부터 노려야 되지? 동료는 어떻게 움직일까? 맞출까 봐 무서운데⋯⋯. 그런 잡생각들이 휘몰아치며 집중력을 흩뜨렸고, 정신이 들었을 때는 총을 쏠 타이밍을 놓치고 있었다.

현실세계에서도 똑같았다.

루나의 스마트폰이 깨지던 학교 복도에서도, 비가 오던 그날도,

나는 그녀의 뒤를 따라가지 못했다.

그 때문에 오래도록 후회스러운 시간을 보내게 되었다.

내 안에서는 늘 대답이 나와 있었는데.

내 마음속 화살표는 언제나 루나를 가리키고 있었다.

그럼에도 뒤를 쫓았다가, 따라가서 매달렸다가, 혹시라도 그녀가 나를 밀쳐낼까 봐 겁을 냈다. 거부당해 상처받을 것을.

하지만 계속 이 상태로 있을 건가?

사귀는 건 우리 두 사람인데.

데이트 장소도, 두 사람의 미래도, 늘 루나에게 맡기고 루나에게만 의사를 표명하게 했다.

내가 이래도 괜찮은 건가?

루나가 불안해하는 것도 당연하지 않을까?

그러니까, 용기를 내는 거다.

스스로의 의사를 표명할 용기를.

"기다려, 루나!"

크게 고함을 내뱉은 나를 편의점에서 나오던 회사원이 흥미진진한 눈으로 쳐다보며 걸어갔다.

루나는 잠시 걸음을 멈췄다. 그 틈에 루나를 따라잡은 나는 그녀의 손을 움켜쥐었다.

"오해라고 했잖아."

여전히 나를 등지고 선 루나에게 그 자리에서 말을 건넸다.

"루나는 늘 그래. 내 얘길 듣지도 않고 도망치잖아……. 서로 얘기하자고, 그렇게 말한 건 자기면서……."

루나가 내 손을 뿌리치며 내 쪽으로 몸을 돌렸다.

"싫어…… 무서워…… 무섭다구……."

눈물에 젖은 얼굴로 루나가 나를 올려다보았다.

"이젠 싫어. 소중한 사람이 떠나가는 건……. 류토와 가족이 되고 싶지만, 그렇게 되기 전에 떠나 버리면, 난 다시 가족만큼 소중한 사람을 잃게 되는 거잖아."

편의점 옆 전봇대 근처에 우뚝 선 우리들 옆을 통행인들이 애써 못 본 척하며 스쳐 지나갔다.

"그래서 류토를 더 이상 좋아하지 않으려고, 계속 마음에 제동을 걸고, 달아났던 건데……. 그런데도 류토는 매번 날 배신하는 대신 제멋대로인 날 기다려 줬어. ……어째서? 왜 하필 나야? 난 네가 그럴 만큼 괜찮은 여자애가 아냐."

"루나……."

"불안해. 내가 이래서……. 류토가 언제 다른 사람한테 가 버릴지 모르니까."

무어라 말하려던 나를 시선으로 제지하며 루나가 고개를 숙였다.

"마리아는 심지가 있는 아이잖아. 어영부영 흘러가는 대로 사는 나랑은 달리……. 나라도 내가 남자였다면 나보다는 마리아랑 사귀고 싶었을 거야."

"……그런 생각을 하고 있었어?"

방금 전까지 느꼈던 동요는 루나가 털어놓는 속내를 듣는 사이 진정되었다.

사랑스럽다고 생각했다.

이렇게 멋진 여자인데도, 그럼에도 콤플렉스를 느끼고 자신에게 없는 것을 가진 사람을 동경하는 그녀의 인간적인 모습에 친근함을 느꼈다.

"그럼, 제일 먼저 말해 둘게."

내 말에 루나는 고개를 들어 나를 보았다.

"내가 사귀고 싶은 사람은…… 앞으로도 계속 교제해 나가고 싶은 사람은…… 오직 루나뿐이야."

루나의 얼굴에 순식간에 희색이 돌았다.

민망했지만 민망해하고 있을 때가 아니었다.

설령 내 안에 백억만 개의 감정이 존재한다 해도, 말과 태도로 그것을 표현하지 않으면 없는 것이나 마찬가지다.

적어도 루나가 보기에는.

내가 그동안 쿠로세와 나 사이에 있었던 모든 일들을 루나에게 털어놓지 않았던 건, 쿠로세와 다시 잘 해볼 수 있을지도 모른다는 흑심 때문이 아니라, 루나와 쿠로세의 관계를 고려했기 때문이다.

하지만 그런 나의 다정함을 빙자한 미적지근한 태도가 루나를 불안하게 만들었다면.

당연히 그런 남자에게 설렘을 느낄 수는 없을 터였다.

내가 얘기하건 하지 않건 나와 쿠로세 사이에 벌어진 일은 달라지지 않는다.

　중요한 건 모든 것을 털어놓은 뒤 우리 두 사람이 그것을 어떻게 수용할지 여부였다.

　루나를 믿자……. 믿고, 마음을 걸리적거리게 만들었던 문제들을 풀어내는 거다.

　그렇게 생각하던 나의 뇌리에 세키야 씨의 말이 되살아났다.

　──세상엔 모르는 편이 나은 일도 있어. 여자친구랑 모든 일을 낱낱이 공유하는 것만이 네 성실성을 드러내진 않는다고.

　확실히 그럴지도 모른다.

　그래도 루나는 말해 줬지 않은가.

　──우린 전혀 다르잖아? 그래서 저번처럼 엇갈리기도 했고……. 또 그렇게 되지 않기 위해서라도, 서로의 생각을 공유하는 게 좋다고 생각해.

　내가 사귀고 있는 사람은 루나다. 세키야 씨가 아니다.

　그러니 루나가 해 준 말을 믿어야 했다. 다른 사람에게 의논하기 전에, 처음부터.

　긴 침묵 뒤 나는 심호흡을 하며 입을 열었다.

　"난 인기가 있어 본 적이 없어서, 서툴러. ……이런 방식으로밖에 성의를 보여주지 못해서 미안해."

　의아한 표정을 짓는 루나에게 나는 말했다.

　"아까, 쿠로세랑 절교하고 왔어. 그러니까 루나의 '친구 계획'도 더는 도와줄 수 없어."

"뭐⋯⋯."

루나가 숨을 삼켰다.

"그게 무슨 뜻이야?! 하지만 마리아는 치한이랑 마주쳤다며. ⋯⋯
같이 있었던 거 아니었어?"

"아니, 그건, 학원을 마치고 돌아오는 길에 K역에서 만났다가⋯⋯
갈림길에서 헤어진 뒤에 벌어진 일이었어. 그래도 내가 같이 있었으
면 치한과 맞닥뜨릴 일은 없었겠지."

"⋯⋯."

"지금부터 할 얘기가 루나를 복잡한 기분이 들게 만들 수도 있어.
⋯⋯그래도 쿠로세에 대한 내 솔직한 마음을 전해 두고 싶어."

루나는 험악한 표정을 지으며 살며시 고개를 끄덕였다.

"여름에, 내가 쿠로세랑 끌어안고 있는 사진을 찍혔을 때⋯⋯ 그
전날 쿠로세가 체육관으로 날 불러내서 고백했어."

루나는 숨을 죽인 채 나를 지켜보고 있었다.

"단 둘이었고, 나한테 안겨 들길래⋯⋯. 밀어서 쓰러뜨렸어, 그 애
를."

루나가 눈을 크게 부릅떴다.

"물론 그 이상의 행동은 하지 않았지만⋯⋯ 그동안 비밀로 해서
미안."

사실은 쿠로세가 루나의 목소리를 흉내 내 나를 불러냈고, 루나인
척 나를 유혹하려 했다는 뒷내용이 더 있었지만, 무어라 말을 해 봤
자 이 이상은 변명거리밖에 되지 않았다.

"그런 사정 때문에…… 쿠로세를 여자로 의식하지 않기가 힘들어
져서…… 그냥 절교하는 게 낫겠다고 생각했어."

루나는 잠시 침묵했다.

"……왜 끝까지 가지 않았어? 체육관 창고에 단 둘이 있었다며?"

이윽고 입을 뗀 루나가 감정을 읽을 수 없는 표정으로 나를 바라
보았다.

무서웠지만 대답하는 수밖에 없었다.

"……첫 경험은, 루나랑 하고 싶었으니까."

이런 소릴 하면 너무 동정처럼 보이려나?

그래도 어쩔 수 없다. 이게 나니까. 멋진 척 폼을 재 봤자 금세 들
통 날 것이었다.

"앗, 그렇다고 두 번째 경험부터는 바람을 피워도 된다고 생각하
는 건 아냐. 그냥…… 내 능력으로는 아직 그 뒤에 펼쳐질 일을 리얼
하게 상상할 수가 없어서…… 그게 다야."

루나는 그렇게 설명하는 나를 한참 말없이 응시했다.

"……마리아를 좋아했잖아?"

"……중1 때 일이야."

그렇게 대답해도 루나의 표정은 밝아지지 않았다.

"난 짝사랑을 해 본 적은 없지만…… 누군가를 좋아하게 되고 그
걸 본인에게 전달하려고 결심하는 건 무척 강한 마음일 거야."

루나는 고개를 바닥 쪽으로 기울인 채 한 자 한 자 또박또박 말을
이었다.

"류토가 그런 마음을 품고 있던 사람이, 마리아라고…… 생각할 때마다 막막한 기분이 들어. 평소엔 신경 쓰지 않으려고 애쓰지만."

그렇게 속삭이는 그녀가 고통스러워 보여서 내 마음도 가라앉았다.

"겁이 나. 그래서…… 아까 전화로 '얘기하고 싶다'고 했을 때, 마리아한테 마음이 간 줄 알고."

"루나……."

"류토가 나를 생각해서 절교하기로 한 건 기쁘지만……. 앞으로도 류토가 마리아를 좋아했다는 사실을 떠올릴 때마다 불안해질 것 같은 나 자신이 싫어……."

루나의 눈에 다시 눈물이 차올랐다.

"그럼, 내가 어떡하면 좋겠어?"

나는 막막한 기분으로 입을 열었다.

"내가 지금 아무리 루나를 좋아해도 쿠로세를 좋아해서 고백했던 과거는 달라지지 않아. 그게 신경이 쓰여서 견딜 수 없다면, 우린……."

이어서 하려던 말을 생각하자 목과 눈과 코 안쪽이 시큰거리며 달아올랐다.

미친 거 아냐?

사람들이 지켜보는 길 위에서…… 심지어 그녀의 눈앞에서.

그렇게 생각하면서도 더는 멈출 수가 없었다.

"더는…… 사귀기 힘들어……."

좌우의 눈언저리에서 뜨거운 물방울이 뚝 떨어지는 느낌이 들었다.

나는 울고 있었다. 볼썽사납지만 사실이 그랬다.

그 사실에 곤혹스러워하면서도 아픈 마음을 멈출 수가 없었다.

사실은 이런 말을 하고 싶지 않았다.

그도 그럴 것이 절대 헤어지고 싶지 않았던 것이다.

계속 함께 있고 싶다고, 진심으로 생각하고 있으니까.

그래도.

"과거에 있었던 일은 어떻게 할 방법이 없어……."

만약 타임머신이 있어서 중1 때로 돌아갈 수 있다면.

나중에 엄청 멋진 여자애가 나타나서 믿을 수 없게도 여자친구가 돼 줄 테니까 다른 여자애한테 고백할 생각일랑 절대 하지도 말라고 자신에게 신신당부했겠지만.

그런 일은 불가능하다.

타임머신은 존재하지 않는다.

루나는 왜 나한테만 이런 말을 하는 걸까?

나도, 사실은…… 그렇게 말하면, 솔직히…… 루나가 다른 사람과 사귀길 원하지 않았다. 나 말고 다른 누구와도.

그래도 그것만은 언급해선 안 된다고 생각했다.

머리로는 충분하리만큼 알고 있으니까.

과거의 경험이 없었다면, 루나가 지금 이렇게 내 앞에 있지 않았을 거라는 사실을.

"……미안해, 류토. 울지 마."

폭신하고 부들부들한 것이 눈 밑을 훔치는 감촉에 정신이 돌아왔다. 루나가 자신의 실내복 소매로 내 눈가를 닦아내고 있다.

그런 그녀도 역시 눈물을 흘리고 있었다.

"내가 잘못했어."

루나가 빨간 눈으로 물끄러미 나를 쳐다보았다.

"'과거에 있었던 일은 어떻게 할 방법이 없다'는 건 내가 제일 잘 알고 있는데."

루나는 그렇게 말하더니 내 품 안에 뛰어들 듯이 나를 끌어안았다.

"류토가 날 받아줬으니까, 나도 류토의 과거를 받아들일게. 마리아를 좋아했던 과거까지 전부 다."

꽃인지 과일인지 모를 향기가 콧속을 간지럽힌다. 나는 그 보드라운 온기를 꼭 껴안았다.

"류토랑 정말로 사랑하는 사이가 되고 싶어. 그리고 그러려면 과거를 있는 그대로 직시해야겠지."

귓가에 속삭이는 목소리에 가슴이 뜨거워졌다.

"루나……."

"미안해, 류토. 나 이제 도망치지 않을게. 앞으로 류토와 무슨 일이 생기든, 절대로."

루나는 그렇게 말하더니 몸을 떼며 나를 보았다.

"……곰곰이 생각해 보면, 내가 불안감을 느꼈던 건 과거가 아니라 현재 류토의 마음이었어. 지금도 마리아를 생각하는 마음이 어딘 가에 남아 있을까 봐 자꾸 불안해져. 마리아는 귀여우니까."

"……나도, 쿠로세는 좋은 애라고 생각해."

이미 늦었지만 울어 버린 게 창피해서 몰래 코를 훌쩍이며 아무 일도 없었던 것처럼 행동하려고 했다.

"그래서 절교하고 온 거고."

치한에게 습격당해 떨고 있던 쿠로세를 떠올리자 죄책감에 사로 잡혔다. 그래도.

"나는 루나를 좋아하지만 쿠로세도 날 나쁘지 않게 봐 주고 있으 니까…… 이대로 쿠로세랑 계속 친구로 지내다간 나중에 루나를 불 안하게 만들 순간이 절대 오지 않으리라고 단언할 수 없었거든."

그래서 이렇게 하는 수밖에 없었다. 쿠로세를 습격한 범인은 하 루빨리 붙잡히기를 기도하고 있다.

"……류토는 너무 정직해."

루나가 불쑥 중얼거렸다.

"남자들은 보통 이런 상황에선 거짓말을 한다고. '너밖에 안 보인 다'든가 '너 말고 다른 여자는 안중에도 없다' 같은 소릴 하면서."

과거를 회상하는 건지 루나는 뒷짐을 진 채 무료하게 땅을 찼다.

"그래도, 바람을 피우는 건 그렇게 말하는 사람이지."

낯빛을 흐리며 그녀가 고개를 저었다.

"그런 건 이제 지긋지긋해. 그래서, 류토의 그 정직함이 난 기뻐."

고개를 숙인 채 중얼거린 그녀는 설핏 미소를 짓고 있었다.

"이런 방법밖에 쓸 줄 아는 게 없어서 미안해. 내가 좀 더 단호했다면…… 루나의 '친구 계획'도 계속 도와줄 수 있었을 텐데."

내 말에 루나는 고개를 좌우로 흔들었다.

"나야말로 미안하지. 전부 내 잘못인데."

쓸쓸한 표정으로 루나가 시선을 떨궜다.

"내가 마리아와 되고 싶은 건 '친구'가 아니라 '자매'였는데 말이야. '친구 계획'이라고 하면서 류토까지 끌어들여서, 류토와 마리아의 관계도 망가뜨렸지……."

고개를 늘어뜨린 채 얘기하는 그녀의 한쪽 뺨을 편의점에서 새어나온 불빛이 하얗게 비췄다. 필시 민낯이리라 짐작되는 그녀는 이런 상황에서도 몹시 아름다웠다.

"무서웠어. 그래서 정공법으로 나가지 못했어. 난 마리아에게 미움 받고 있으니까."

처량하게 중얼거리며 그녀가 눈을 들어 나를 보았다.

"내 용기가 부족해서 류토를 난처하게 만들었어. 미안해. 류토한테 마리아는 첫사랑인데 말이야. 나랑 사귀게 되었다고 해서 마리아를 여자로 보지 않는 건 힘들겠지……."

아무런 대꾸도 하지 못하고 쳐다보는 내게 루나는 말을 이어갔다.

"그래도 류토는 나를 좋아한다고 말해 줬는데, 결과적으로는 내가 류토를 시험한 거나 마찬가지가 돼 버렸어……."

루나가 반성하는 것처럼 입을 다물었고.

짧은 침묵이 찾아왔다.

나는 잠시 고민한 뒤 입을 열었다.

"쿠로세는 루나를 싫어하지 않는다고 생각해."

"어……?"

"쿠로세가 그랬어. 우리 학교로 전학 온 이유가 '루나가 기뻐하는 모습을 보고 싶어서'였다고. 하지만 루나의 반응을 보고는 배신감을 느껴서…… 그런 짓을 저질러 버렸다고."

루나는 내 얼굴을 물끄러미 쳐다보며 놀란 표정을 짓고 있었다.

"그리고 달 모양 피어스도 소중히 갖고 다니고 있었어. 루나가 준 거라며?"

"뭐……."

"봤어. 루나가 갖고 있는 달과 별 모양 피어스랑 똑같은 거. 미워하는 언니한테 받은 거면, 계속 들고 다니는 대신 진작 갖다 버렸겠지?"

루나는 숨을 죽이고는 믿을 수 없다는 기색으로 입가에 손을 댔다.

"그랬구나……."

루나가 제 가슴에 손을 포개며 눈을 감았다. 기다란 속눈썹이 떨리고 있었다.

"마리아……."

그녀가 살며시 부른 이름에서 전에 없는 애정이 느껴졌다.

잠시 뒤 눈을 뜬 루나의 눈동자에는 방금 전까지는 없었던 의지가

깃들어 있었다.

"마리아가 심술쟁이에 왕고집이라는 건 나도 진작 알고 있었는데, 하지만 마리아하고 오랫동안 떨어져 지냈으니까……. 어느새 마음의 거리도 멀어져 있었던 것 같아."

떠나보낸 시간을 슬퍼하듯 루나가 아스팔트를 쳐다보며 무겁게 속삭였다.

"가끔씩 얘기를 나눌 때 들었던 '정말 싫어'나 무뚝뚝한 태도 같은 것들을, 어느새가 '진심일지도 모른다'고 생각하게 되면서 마리아를 전처럼 대하기 힘들어졌어."

루나는 그렇게 말한 뒤 고개를 들었다.

"그래도 마리아가 날 위해서 전학을 와 줬고 내가 준 피어스를 지금도 가지고 있다면…… 마리아의 진심은 예전과 다르지 않다는 뜻이겠지? 그렇다면 나도 앞으로 나아가기 위해서 할 수 있는 일을 해보려고 생각해."

그 눈동자에는 강한 결의가 넘쳐흐르고 있었다.

"마리아와 친구가 아니라, '자매'로 돌아가기 위해서."

그런 그녀의 결심을 지켜보던 내게 루나가 올곧은 시선을 보냈다.

"고마워, 류토."

달빛처럼 하얀 빛을 두른 그 미소는 여신처럼 눈이 부셨다.

"류토 덕택에 잃어버렸던 소중한 걸 되찾을 수 있을 것 같아."

제 2 . 5 장 루나와 니콜의 긴 전화

"대충 그런 일이 있어서, '친구 계획'은 중단하기로 했어."

"흐음, 그런데 큰일 날 뻔했네. 루나가 그대로 도망쳤으면 하마터면 헤어졌을 수도 있었잖아?"

"응……. 헤어지긴 싫지만, 또 전처럼 거리를 두게 됐을지도 모르지……."

"……'거리를 두게 됐을지도 모른다'라……."

"앗, 미안."

"됐어. 이젠 슬슬 익숙해졌거든. 애초에 계속 안 본 지도 오래됐고, 내 일방적인 짝사랑이었으니까. 그래도 전보다는 좀 나아졌어."

"괜찮을 거야, 3월은 금방이니까."

"……무서워. 3월이 오면 선배가 정말 나랑 다시 사귀어 줄지."

"어째서?"

"남자들은 아무리 바빠도 정말로 좋아하는 사람한테는 어떻게든 만날 시간을 내잖아?"

"그런가?"

"응, 그래. 내가 여태껏 들어 왔던 얘기들에선 남자친구한테 만날 시간을 받아낼 수 없는 애는 '세컨드 이하의 여자'였어."

"……하긴, 내 예전 남자친구들도 연애 초기에는 매일같이 '루나

놀러 갈래?' 하고 물어봤었는데, 점점 바빠지더니 얼굴을 못 보게 됐던 것 같아……."

"……그래서, 선배한테 다른 여자가 있는 게 아닌지 걱정돼……."

"마, 말도 안 돼! 세키야 씨는 정말 공부 때문에 바쁜 걸 거야. 하루에 13시간이나 공부한다며?! 다른 여자랑 만날 시간도 없다니까."

"젠장…… 나도 입시학원이나 갈까."

"진심이야?!"

"진심일 리가 없잖아. ……아~ 정말 싫다. 선배를 믿고 순순히 기다리지 못하는 나 자신이 너무 미워."

"니콜……."

"……선배, 많이 변했더라. 3년이나 지났으니 변해도 당연하다고 생각하지만. 물론 변하지 않은 부분도 있고……. 하지만 어디가 그대로고 어디가 변했는지를 자세히 따져보기도 전에 상황이 이렇게 돼 버렸어."

"그렇구나……."

"내가 알던 선배는 탁구밖에 모르는 성실한 사람이었어. 여자애를 대하는 데도 서툴고, 양다리는 절대 못 걸칠 사람이었지. 그 무렵의 선배였다면 거리를 두더라도 믿고 응원할 수 있었을 텐데…… 그때처럼."

"매니저였던 시절 말이야?"

"응……. 난 선배를 응원하는 게 즐거웠어. 선배가, 정말 열심히 했거든."

"지금도 열심히 공부하고 있잖아?"

"그렇다고 해도 내 눈에는 안 보이니까……. 그 사람을 정말로 믿지 않으면 진심으로 응원한다는 건 불가능한 일이잖아? 나도 믿고 싶지만, 지금 선배에 대해서는 아는 게 없어."

"……맞아, 불안하지. 몇 년이나 얼굴을 못 봤잖아. 살아온 환경이 다르니까 자기가 알고 지냈던 때랑은 완전히 다른 사람이 돼 버렸을 가능성도 있고."

"그치. 그래도 루나는 그런 걱정은 안 해도 되지 않아?"

"응?"

"카시마 류토에 대해서는 사귄 뒤에야 자세히 알게 됐으니까. 서로의 새로운 면을 알아가면서 점점 호감을 키워나가는 중이잖아?"

"아, 류토는 그렇지."

"응?"

"그게 아니라. 내가 방금 생각하고 있었던 건 마리아였어."

"여동생?"

"우린 말이지, 내가 늘 마리아를 잡아끌고 마리아가 투덜거리면서도 마지못해 따라오는 관계였어."

"뭐~ 그건 지금도 똑같네."

"하지만 예전과는 다른 게, 마리아가 속으로 무슨 생각을 하는지 짐작이 안 가서 적극적으로 들이댈 수가 없어. 예전의 마리아는 날 정말 좋아했으니까, 나랑 뭔가를 하는 걸 재밌어하는 게 티가 났거든. 내가 '하고 싶다'는 이유로 시작했던 발레도 마리아는 내가 그만둔 뒤에도 꾸준히 계속해서, 좋은 영향을 줬다는 자신감이 있었는데."

"발레도 했어?! 처음 듣는데."

"다섯 살 때였으니까~! 난 세 달 만에 그만뒀어."

"그럼 기억도 안 나겠네."

"그래도 마리아는 초등학교에 입학하고도 계속 발레를 했어. 부모님이 이혼했을 때 이사를 가면서 그동안 다녔던 발레교실에 갈 수 없게 돼서 그만둬 버린 것 같지만."

"아깝다."

"그치. 그래도 아마 직접 새로운 발레교실을 찾아서 혼자 가는 건 싫었을 거라고 생각해. 마리아는 낯을 많이 가리거든. 그리고 나한테 말하기도 했었어. '루나가 같이 하자고 안 했으면 배울 생각도 안 했을' 거라고."

"……루나는 동생에게 '날개' 같은 거였네."

"어……?"

"아, '돌격대장'이라고 할 걸 그랬나? 아차, 양아치 노릇을 했던 가락이 나와 버렸네."

"아하하. ……그래도 '날개'라. 멋지다. 역시 니콜은 시인이야."

"뭐, 그렇지."

"……내가 마리아를 데리고 날아…… 도착한 곳에서 마리아가 즐거워하는 모습을 보는 게 좋았어. 나한텐 전혀 관심거리가 아닌 분야도 '마리아가 좋아할 것' 같다 싶으면 같이 하자고 했지."

"동생의 맘을 꿰뚫고 있었네. 역시 쌍둥이야."

"하지만 떨어져 지내는 사이에 전혀 알 수 없게 돼 버렸어. 나랑 같이 살던 시절의 마리아는 게임 실황? 같은 건 보지도 않았거든. 코스프레도 안 했고."

"코스프레도 해? 그 애?"

"앗, 이건 비밀이야! 나도 모르게 말해 버렸네."

"딱히 말하진 않을 거지만."

"이래저래 비밀을 지켜줘서 고마워, 니콜."

"괜찮다니까 그러네. 실수로 아카리한테 말하지 않도록 조심은 하겠지만."

"아하하, 아카리는 악의 없이 말실수를 하는 타입이니까."

"자기는 이지치 유스케 오타쿠인 걸 말하지 말라고 하면서 말이지. 어제도 '이지치가 쓰던 칠판지우개야, 너무 좋아!' 같은 소릴 하면서 5분이나 칠판지우개 청소기를 돌리고 있었어. 완전 음침 오타쿠 같았다니까."

"아하하. 다들 '시끄럽다'고 짜증을 냈지."

"그래도 좋아하는 것에 대한 행동력은 존경해."

"그러게. ……나도, 분발해 보려고."

"……여동생 말이야?"

"응. 다시 한 번 마리아의 세계를 열어 볼 거야."

침대에 앉은 루나는 선반 위에 놓인 액세서리 스탠드에 걸려 있는 달과 별 모양의 피어스를 바라보며 말했다.

"조금 무섭긴 하지만, 시도해 보려고 생각해."

제 3 장

　다음날부터 기말고사가 시작되었고, 시험 마지막 날 종례시간에 첫날 친 시험지가 반환되었다.

　학원 공부도 해야 해서 전보다 학교 시험공부에 시간을 쏟지 못해 걱정이 많았지만, 결과는 대충 평소 때와 비슷했다.

　우리 반은 각 교과목에서 1등을 받은 사람만 담임 선생님이 시험지를 돌려주면서 발표했다. 나는 월등하게 잘하는 과목이 없었기에 발표 명단에 오른 적이 없었고, 매번 1등을 하는 사람들은 대체로 정해져 있었기에 기대감에 가슴 설레는 일은 없었다.

　이변이 일어난 건 가정 과목 시험지를 돌려받고 있었을 때였다. 이런 따로 공부하기 애매한 과목은 시험을 칠 때마다 1등이 변동되었다.

　"쿠로세, 94점. 1등 축하한다."

　선생님이 그렇게 말하자 앞으로 나온 쿠로세가 기쁜 듯이 시험지를 받아들었다.

　우리가 친구를 그만둔 날의 다음날에도 쿠로세는 아무렇지 않게 학교를 나왔고 그 뒤로도 별다른 내색 없이 학교생활을 이어갔다. 치한에게 습격당한 일로 받은 충격이 없지는 않았겠지만, 이렇게 시험에서도 좋은 점수를 받고 변함없이 지내고 있어서 다행이라고 생각했다.

"와~ 굉장하다~."

"난 30점이었는데!"

반 아이들이 술렁거리는 와중에 그 순간은 느닷없이 찾아왔다.

"역시 마리아! 내 자랑스러운 여동생이야."

밝고 짜랑짜랑한 목소리가 교실 전체로 울려 퍼졌다.

"엥……."

그 말을 들은 반 아이들 중 누구도 그 내용을 진지하게 생각하지 않는다는 것이 느껴졌다. 그저 '저 둘이 이렇게 친했다고?'라는 곤혹스러운 기류만이 감돌았다.

루나는 그런 반 아이들을 보며 어리둥절한 표정을 지었다.

"엥? 다들 몰랐어? 내가 말 안 했든가? 나랑 마리아는 쌍둥이 자매야."

"헐, 진짜야? 거짓말이지?"

그렇게 말한 것은 타니키타였다. 루나가 그런 그녀에게 고개를 저었다.

"정말이야! 부모님이 이혼하셔서 성이 달라진 것뿐이야. 그치? 마리아?"

쿠로세는 놀라워하면서도 매우 감격한 듯한 표정을 지으며…… 새빨갛게 달아오른 채 고개를 끄덕였다. 갑작스레 쏟아진 관심에 당황하는 기색이 역력했다.

"그랬어?"

"헐, 말도 안 돼!"

"진짜라고?!"

금세 교실 여기저기에서 놀란 목소리가 터져 나왔다. 학급 내부가 살짝 패닉 상태에 빠졌다.

쿠로세는 어떻게 되었냐면, 뺨을 붉힌 채 소란 한가운데서 꿈을 꾸는 것마냥 얼떨떨한 얼굴로 우두커니 서 있었다. 그 눈동자가 물기에 젖어 있는 것처럼 보였다.

시험지 반환이 끝나고 방과 후가 되어도 교실 안에는 흥분으로 가득 찬 공기가 흐르고 있었다.

쿠로세 옆자리에 루나가 앉고 그 주위를 인싸 여학생들이 둘러싸고 있다. 그 안에 들어가지 못한 무리들——나도 그중 한 사람이지만——은 그 주변을 밀러서 한 겹 더 포위한 채 화제의 중심이 된 쌍둥이를 지켜보고 있었다.

"왠~지 이상하다 했지. 둘 사이에 흐르는 기류 말이야. 가족이라고 생각하니 납득이 가네."

쿠로세의 앞자리에 앉은 타니키타가 팔짱을 낀 채 고개를 끄덕이며 말했다.

"루나는 유독 쿠로세한테 친하게 굴고, 쿠로세는 당황하는 기색이고? 1학기 때 그런 일도 있었잖아? 사이가 좋다는 게 이상하잖아? 그런데도 루나는 문화제 실행위원이나 수학여행 조별 활동을 쿠로세랑 같이 하려고 했지. 쿠로세도 마지못해하면서도 받아줬고. 두 사람 관계는 정말 의문투성이였어."

주변에 있던 여학생들 몇 명이 동의를 표하듯이 고개를 끄덕였다. 루나와 교실에서 자주 대화를 나누던 여자애들이다.

"그동안은 루나가 무슨 생각을 하고 있는 건지 알 수 없었던 데다 쿠로세도 착한 앤지 나쁜 앤지 아리송해서 별로 친해질 생각을 못 했어. 사실은 한번 대화해 보고 싶었는데 말이야."

쿠로세는 여전히 수줍은 듯이 몸을 움츠리고 있었다. 그런 그녀에게 타니키타가 스스럼없이 말을 걸었다.

"계속 물어보고 싶었던 건데, 이 볼펜 트위스타* 굿즈 맞지? 작년에 아크릴 스탠드를 끼워 팔았던 거."

타니키타가 가리킨 것은 쿠로세의 책상 위에 있던 은색 볼펜이었다. 그녀가 항상 쓰고 있는 것으로 뭔가 로고가 적혀 있었다. 말을 듣고 보니 확실히 굿즈 같았지만, 딱히 눈여겨본 적은 없었다.

"······트위스타를 알아?"

쿠로세가 주뼛거리며 물었다.

트위스타, 들어본 기억은 난다······. 분명 여자들에게 인기가 많은 모바일 게임이었던 것 같다.

"당연히 알지~! 내가 원래는 디즈니 오타쿠였거든! 그런데 트위스타 팬덤한테 자꾸 시비를 걸면서 장르판에 흙탕물을 튀기잖아. 난 트위스타도 좋아하니까 그게 싫어서 멀어졌지."

"그, 그랬구나······."

---

* 원래 명칭은 트위스테로 'Disney Twisted Wonderland'의 약칭. 디즈니 재팬과 애니플렉스의 합작으로 개발된 여성향 모바일 게임이다.

쿠로세는 타니키타의 기세에 완전히 압도당한 눈치였다.

"그런데, 쿠로세는 혹시 살짝 오타쿠야?"

"어? 으, 응……."

"진짜?! 있지, 마리메로라고 불러도 돼?"

"마, 마리메로……?"

"쿠로세랑 친해지면 부르려고 정해 놨던 거야~!"

타니키타에게 쩔쩔매는 쿠로세를 루나는 생글거리며 지켜보고 있었다.

"저기, 쿠로세는 여학교에서 전학 왔다고 했지? 얘기 들려줘~!"

"머릿결 되게 좋다. 샴푸 뭐 써?"

타니키타를 시작으로 주변 여자애들도 하나둘씩 쿠로세에게 말을 걸었다. 쿠로세는 당황하면서도 기꺼이 대답하려고 했다.

"마리아 머릿결이 정말 좋지~! 난 염색을 시작하고 나서는 확 상해서 완전 부러워~."

루나가 말을 거들자 쿠로세는 겸연쩍은 듯이 머뭇거렸다.

많은 반 아이들에게 둘러싸인 쿠로세를 보자 막 전학 왔을 당시의 그녀가 떠올랐다.

하지만 그때와 다른 것은 지금의 그녀는 사람들에게 호감을 사려고 억지로 루나의 흉내를 냈던 쿠로세가 아니라, 살짝 낯을 가리고 고집이 있고 오타쿠 취미를 가진 진짜 쿠로세라는 점이었다.

그리고 그녀의 옆에 루나가 있다는 것도.

이리하여 루나의 '친구 계획'은 '자매 계획'으로 바뀌며 완결되었다.

내가 할 일은 이제 없었다. 친구조차 아니게 된 나에게 쿠로세가 웃어 줄 일은 더는 없을지도 모른다.

그래도 상관없었다.

반 아이들에게 둘러싸여 뺨을 물들인 채 은은한 미소를 짓고 있는 그녀를 보자 나도 가슴이 벅차올랐다.

그녀가 내심 줄곧 바라 왔을 소중한 것을 손에 넣었기 때문이다.

그 사실이 내 일처럼 기뻤다.

"수고 많았어, 류토!"

이날은 같이 돌아가기로 약속한 날이었기에 먼저 신발장 앞으로 가서 기다리자 얼마 안 있어 루나가 나왔다.

"루나야말로 수고 많았어. 쿠로세는?"

"아직 교실! 아카리나 다른 애들이랑 돌아갈 건가 봐."

"그렇구나."

우리는 구두로 갈아 신고 나란히 출입문을 나섰다.

"완전 직구던데."

"그치. 기회다! 라는 생각이 들어서, 바로 승부를 걸었어. 실은 심장이 벌렁거렸다니까."

루나는 아하하 소리 내 웃었다.

"혹시라도 마리아가 싫어하는 티를 내면 '당연히 농담이지, 동생처럼 귀엽다는 뜻이었어!' 하고 얼버무릴 생각도 했어."

하지만 그럴 필요는 없었다.

사실 쿠로세는 줄곧 기다리고 있었던 것이다. 모두에게 루나와 '자매'라고 인정받을 날이 오기를.

간단한 일이었다.

간단한 일이지만, 그럼에도 쿠로세에게는 계기를 만들기 어려운 일이었다. 그녀가 루나에게 그런 짓을 저질러 버렸으니까.

그런 짓을 당한 루나도 쿠로세가 자신을 싫어한다고 믿는 바람에 과감하게 행동에 나서지 못했다.

그 교착 상태를 깨부순 건…….

"루나가 용기를 낸 덕택이지."

"응. 그래도…….

루나가 그렇게 말하며 옆에 있던 나를 올려다보았다.

"나한테 그럴 용기를 준 사람은 류토야."

커다란 두 개의 반짝이는 눈동자가 내 마음을 수직으로 꿰뚫었다.

"류토가 내 대신 마리아의 마음속을 들여다봐 줬으니까……. 류토가 마리아를 다정하게 대해 줘서 마리아가 류토에게 마음을 열었으니까…… 그래서 우리들도 이렇게 원래대로 돌아올 수 있었던 거야."

루나가 가만히 미소 지으며 나를 응시했다.

"류토 덕택이야."

그 따스한 음색이 나를 감싸자 이유는 알 수 없지만 갑자기.

울고 싶을 만큼 행복한 기분이 들었다.

나와 쿠로세의 재회는 서로에게 결코 무의미한 것이 아니었다.

나는 일찍이 너를 사랑해서 다행이었다고 생각해.

너도 언젠가는 그렇게 생각해 줬으면 좋겠어.

그때의 네가, 부디 온 세상 누구보다 행복하기를.

◇

다음날부터 일주일 뒤에 있을 종업식까지 학교는 쉬는 날이었다.

나는 학원 동기(冬期) 강습을 앞두고 자습실에서 공부하며 이따금 루나를 만나거나 전화하면서 이른 겨울방학을 보내고 있었다.

어느 날 밤, 내 방에서 루나와 영상 통화를 하고 있는데 루나가 불쑥 말을 꺼냈다.

"류토, 살짝 의논하고 싶은 게 있는데."

"뭔데?"

"크리스마스 식사 모임 말이야, 예정을 좀 바꿔도 될까?"

"상관은 없는데, 어떻게?"

크리스마스는 이브에는 루나의 집에서 가족과 함께 루나가 직접 만든 요리를 차려놓고 둘러앉아 파티를 하기로 되어 있을 터였다.

"그게 말이지……."

루나가 꾸물거리며 말했다.

제 방의 침대 위에 있는 루나는 오늘도 포슬포슬한 실내복을 입고 있어서 귀여웠다.

"내가, 줄곧 포기하지 못했던 꿈이 있거든."

그 목소리는 작았지만, 다부진 울림을 갖고 있었다.

"마리아랑, 언니…… 는 이미 독립해서 힘들겠지만, 아빠랑 엄마랑 다시 다 함께 같은 집에서 지내는 거."

"그렇구나……."

그래도 부모님은 이혼하셨으니 힘들겠지…… 라고 생각하는데 루나가 말을 이었다.

"지금 상황에선 무리란 건 알고 있어. 그래서 난…… 아빠랑 엄마가 다시 부부가 돼 줬으면 좋겠어."

"뭐……?!"

"가능성은 있다고 생각해. 아빠는 지금도 엄마를 좋아하는 것 같고, 엄마도 지금은 혼자니까…… 처음으로 사귀고 결혼해서 그 사람의 아이를 셋이나 낳았잖아? 아예 얼굴도 보기 싫은 건 아닐 거라 생각해."

"재결합을 노릴 생각이야? 하지만 어떻게?"

놀란 상태로 질문하는 내게 루나가 활기차게 대답했다.

"이름하야 '두 로테' 작전!"

"로테……?"

"몰라? '두 로테'라는 얘기. 내가 초등학교 저학년 때 할머니가 '너희 둘이랑 비슷한 쌍둥이 얘기란다' 하고 선물해 준 건데."

제목은 초등학교 때 도서실에서 본 것 같은 기분이 들었지만, 읽어 본 적은 없어서 잠자코 들었다.

"로테랑 루이제라는 두 여자아이가 만났다가, 상대방이 자신을 쏙 빼닮은 것에 놀라워해. 두 사람은 각각 아빠, 엄마와 살고 있었는데, 사실은 자기들이 쌍둥이고 헤어진 부모님이 아이를 한 명씩 맡아 길렀다는 걸 알게 돼. 그래서 두 사람이 협력해서 부모님을 만나게 하고, 아빠와 엄마가 재혼해서 한 가족이 되는 거야."

"아하……."

"엄청 행복한 얘기야. 처음 책을 선물 받았을 땐 우리 부모님이 이혼할 거라곤 상상도 못 했지만…… 지금 생각하면 되게 부러워."

황홀하게 재잘거리던 루나는 그 대목에서 살짝 침울한 표정을 지었다.

"마리아한테 그 얘길 했더니 '포기하지 못했다면 해 보자'고 말하길래, 둘이서 고민했어. 우리 부모님 결혼기념일이 크리스마스 이브였거든. 그래서 이브에 크리스마스 파티를 하기로 했어. 각자 부모님을 데리고 나와서 딱 마주치게 하자고. 오랜만에 같이 식사를 하면 아빠랑 엄마도 예전 생각이 나서 다시 가족으로 돌아갈 마음이 들지 않을까 싶어서."

화면 건너편에서 한달음에 얘기를 마친 루나는 문득 불안해졌는지 내 기색을 살폈다.

"……어때? 너무 단순한가? 그렇게 잘 굴러가지는 않으려나?"

"아니…… 음, 그렇게 되면 좋겠지만. 그럼 내가 가면 방해가 되겠네?"

적어도 그 식사 모임에는 참석하지 않는 편이 낫겠다고 생각하는데 루나가 붕붕 고개를 저었다.

"아니, 류토도 와 줬으면 좋겠어! 아빠도 요즘 좀 바쁘고 할머니는 훌라 댄스를 배우는 친구들이랑 여행 중이라 올해 크리스마스는 패스하려는 분위기거든."

"그랬구나."

"그러니까 '남자친구를 소개하고 싶다'는 핑계거리로 삼을 겸 꼭 와 줬으면 좋겠어. 엄마 쪽은 '일만 하지 말고 잠시 숨을 돌릴 겸 외식이나 하자'고 마리아가 설득해 볼 예정이야."

"그렇구나……."

그래도 재결합을 노린다면 더더욱 가족들끼리 해결을 보는 편이 낫지 않을까 싶었지만, 루나가 이렇게 말하니 동석했다가 기회를 봐서 물러나는 것도 괜찮을 듯했다.

"싫어? 류토, 못 올 거 같아? 앗, 물론 직접 요리도 할 거니까, 끝나면 우리 집에도 와! 배가 빵빵해질지도 모르지만."

나는 그렇게 말하는 루나에게 미소를 지었다.

"좋아. 내가 있어도 괜찮다면. 나도 루나의 아버지를 한 번 뵙고 싶었어."

루나의 어머니와는 체육제 때 인사를 나눴지만, 보호자인 아버지와는 아직 제대로 얼굴을 본 적이 없었다. 우리 부모님과는 이미 소개를 끝냈다 보니 데이트를 하고 바래다줄 때마다 남자친구로서 해야 할 일을 안 한 듯한 기분이 들어 마음이 찜찜했다.

"만세! 그럼 당장 아빠한테 말해야겠다!"

루나의 얼굴이 화사해진다.

"이브가 벌써 일주일 앞으로 다가왔으니까, 얼른 준비해야겠다! 레스토랑도 예약하고…… 참, 아빠랑 엄마한테 줄 편지도 써 볼까 봐~!"

나는 들떠서 계획을 세우는 루나를 보며 흐뭇한 기분을 느낌과 동시에 그녀의 계획이 성공하면 좋겠다고 생각했다.

일주일 뒤의 크리스마스 이브가 나에게도 루나에게도 잊을 수 없는 기념일이 되기를.

그리고 내 그 바람은 어떤 의미로는 이루어지게 된다.

이때의 내가 전혀 상상도 하지 못했던 형태로——.

        ◇

크리스마스 이브 당일은 아침부터 잔뜩 흐린 날씨였다. 북풍이 부는 겨울다운 날씨라 해가 지기 시작하자 바깥공기에 닿은 맨살이 시리고 건조해졌다. 나는 한겨울용 코트를 걸치고 루나와 약속한 장소로 향했다.

루나가 예약한 레스토랑은 A역 근처에 있는 카페 레스토랑이었다. 사실은 예전에 가족끼리 다니곤 했던 추억의 레스토랑으로 예약

하고 싶었지만, 지금 사는 집에서 먼 데다 인터넷으로 검색해 본 결과 당시와는 가게 이름이 달라져서 그 레스토랑과 분위기가 비슷한 가게를 가까운 곳에서 찾았다고 했다.

"류토!"

A역 앞 광장에서 손을 흔드는 루나는 오늘도 한층 더 사랑스러웠다.

빨간색 다운코트와 하얀 원피스 조합에서는 나 같은 패션 고자도 금세 알아볼 만큼 크리스마스 분위기가 물씬 느껴져 가슴이 콩닥거렸다. 코트와 원피스는 둘 다 미니 길이라 옷자락과 롱부츠 사이의 절대 영역으로 보이는 맨다리가 추워 보이면서도 섹시했다.

"춥지~!"

나를 보자마자 그렇게 말하며 루나는 내 팔에 두 팔을 감았다. 차가운 공기 중에 은은하게 피어오르는 꽃인지 과일인지 모를 향기가, 그녀와 보내는 첫 겨울을 실감하게 해 가슴이 벅차올랐다.

"아~ 심장이 두근거려~."

뺨이 붉게 상기된 것은 추위 때문만은 아니리라. 나랑 같이 있어서…… 란 이유면 기쁘겠지만, 아마 다른 이유 때문일 것이다.

슬슬 '두 로테 작전'을 결행할 때가 코앞으로 다가왔으니까. 그녀의 긴장과 흥분은 그 때문이리라.

"……아, 마리아한테 연락이 왔어. 엄마랑 벌써 가게에 도착했대."

가는 도중에 루나가 스마트폰을 꺼내 보고했다.

"다들 빠르네."

"엄마가 오늘 쉬는 날이었대. 요새 출근이 많았다고 이브에는 쉬게 해 준 것 같아."

"그럼, 쿠로세랑 같이 왔겠네?"

"응. 낮에는 둘이서 크리스마스 케이크를 구웠대. 그것도 가토쇼콜라. 나도 먹고 싶으니까 한 조각 가져와 달라고 말해 뒀어!"

천진하게 웃는 루나를 보자 어쩐지 가슴이 따끈해졌다. 루나가 쿠로세와 부지런히 연락을 취하고 있다는 것이나 어머니와 평범하게 잘 지내는 쿠로세의 일상을 예기치 않게 엿볼 수 있었던 탓일지도 몰랐다.

"언니도 왔으면 좋았을 텐데 말이야. 뭐, 이브니까 어쩔 수 없나."

루나의 언니는 오늘 남자친구와 데이트 선약이 있다고 했다.

"그 대신 류토가 있으니까. 좋았어! 오늘은 파티를 즐기면서 작전을 결행하자~!"

긴장한 스스로를 다독이듯 소리를 높이는 루나가 무척 사랑스럽게 느껴졌다.

가게로 들어가면 바로 옆에 있는 개인실이 오늘의 모임 장소다.

루나가 쿠로세와 의논해 고른 가게는 벽돌모양 벽지와 바처럼 작달막한 의자와 테이블이 세련된 인상을 주는 카페로, 예전에 시라카와 가족이 다니던 가게도 이렇게 아늑한 분위기였을까 하는 상상이 들게 만들었다.

"엄마!"

개인실로 들어가자 안쪽에 쿠로세와 두 사람의 어머니가 앉아 있었다. 어머니는 루나를 보더니 눈을 휘둥그레 떴다.

"루나?! 류토도…… 여긴 어쩐 일이야?"

"어쩐 일이냐니, 같이 크리스마스 축하를 하려고 왔지."

"뭐?! 그게 대체, 마리아?!"

놀라는 어머니에 아랑곳없이 루나가 냉큼 자리에 앉더니 나를 옆으로 불렀다.

개인실 테이블은 6인용이라 나와 루나는 쿠로세와 어머니와 마주보고 앉게 되었다. 아버지는, 루나의 옆자리인가……. 어머니 옆에 앉도록 유도할 생각이겠지.

"가끔은 괜찮지 않아? 우린 가족이니까."

쿠로세가 서늘한 얼굴로 그렇게 말한다. 필시 둘이서 식사를 하자며 꾀어냈을 테니 이 개인실의 규모에 어머니도 의문을 품고 있었을 터였다. 어머니는 당혹스러워하면서도 어쩐지 납득한 표정을 짓고 있었다.

"그런 깜짝 이벤트였구나. ……아버지한테는 말해 뒀어?"

어머니의 물음에 루나와 쿠로세는 얼굴을 마주보았다.

"말해 뒀다고 할까, 그게……."

루나가 횡설수설했다.

"이리로 오고 있어……."

그러자 어머니가 눈을 크게 떴다.

"정말?! 그 사람도 온다고?! 여기에?"

"있지, 엄마. 미리 말 안 해서 미안."

쿠로세가 곧장 어머니에게 말을 건넸다.

"우린 다시 예전처럼 크리스마스 파티를 하고 싶었어. 아빠가 온다고 하면 엄마는 안 왔을 거잖아?"

갸륵한 딸의 호소에 어머니는 얼굴을 찌푸렸다.

"……그야…… 그렇게 만나고 싶은 사람은 아니지만."

"……."

루나와 쿠로세의 낯빛이 어두워졌다.

"그래도, 너희들이 다 같이 만나고 싶어 한다면 얘기가 다르지. 엄마는 어른이니까. 아빠도 그렇고."

루나와 쿠로세가 눈을 크게 떴다.

"그럼……."

"좋아. 크리스마스 파티, 오랜만에 즐겨 보자."

어머니의 미소를 보며 루나와 쿠로세가 눈빛을 주고받았다.

"서…… 성공이다아!"

"그런데 웬일이니? 너희 둘 계속 싸우고 있었던 거 아니었어? 마리아가 루나 학교로 전학 가고 싶다길래 화해한 줄 알았더니, 학교 애들한테 자매라는 것도 숨기고 있었더라? 체육제 때 얼마나 놀랐는지."

"그건, 그게……."

"딱히, 싸웠다기보다는……."

루나와 쿠로세가 겸연쩍은 듯이 말끝을 흐렸다.

"뭐~ 지금 우리는 친하니까! 그렇다 치고 넘어가! 자, 마실 거라도 시키자~!"

루나가 해맑게 말하며 테이블 위의 음료 메뉴판을 맞은편 두 사람에게 건넸다.

루나와 쿠로세가 화해하게 된 경위는 복잡했다. 그걸 얘기하려면 쿠로세가 루나를 질투했던 일이나 루나에 대해 나쁜 소문을 퍼뜨린 일 등도 말해야 하니 이 자리에서는 적절하지 않다고 판단한 것이리라.

"음~ 어떡하지? 그럼 오늘은 좀 마셔 볼까~!"

어머니가 밝은 목소리로 말하며 주류 페이지를 넘기자 루나와 쿠로세는 몰래 눈을 맞추며 미소 지었다.

루나에게 사전에 고지 받은 '두 로테 작전'에 따르면 자매와 얼근하게 술이 들어간 부모님의 음주 토크로 분위기가 화기애애하게 무르익었을 때쯤, 루나와 쿠로세가 부모님에 대한 마음을 적은 편지를 읽어서 재결합 무드를 조성해 볼 생각인 듯했다.

그 얘길 처음 들었을 때는 과연 그렇게 잘 진행될지 걱정이 앞섰지만, 지금 상황을 봐서는 제법 느낌이 괜찮을 것 같다.

문제는 아버지인데, 루나의 얘기를 들으면 아버지 쪽은 아직 어머니에게 미련이 있는 듯하니 당장 재결합은 힘들더라도 오늘 모임 자체는 성공적으로 끝날 것 같았다.

그런 예감에 루나의 아버지와 대면하는 것을 긴장하면서도 가슴 설레며 기대하고 있었을 때였다.

"일행 분께서 도착하셨습니다."

개인실의 문을 두드리는 소리와 함께 가게 직원의 목소리가 들려왔다.

개인실 안에 있던 전원이 열리는 문을 바라보았다.

아버지는 일을 마치고 바로 온 듯 정장을 입고 있었다. 한쪽 손에 코트를 든 스마트한 어른의 차림새였다.

어머니도 미인이지만 역시 루나와 마리아의 부친답게 아버지도 상당한 미남이었다. 전에 먼발치에서 몇 차례 보긴 했지만 가까이에서 보자 살짝 처진 또렷한 눈매가 쿠로세와 판박이였다. 귀밑털을 귀 위까지 말끔히 정리한 투블럭 헤어도 날씬한 체격 탓인지 우락부락해 보이지 않았다. 아저씨 티가 나지 않는 몸매에 치수가 잘 맞는 정장만 봐도 자기관리에 신경을 쓰는 사람이라는 것이 한눈에 들어왔다.

"아키에……?!"

개인실 안으로 가볍게 고개를 숙이던 아버지는 어머니를 보더니 몸을 굳혔다. 중얼거린 건 딱 봐도 어머니의 이름 같았다.

한편 어머니도 난처한 표정을 짓고 있었다.

"그쪽은……?"

엥? 하고 놀라 문 쪽을 보자 아버지 뒤쪽에 가게 직원과는 다른 인영이 보였다.

"아, 아아…….."

아버지가 손짓해서 인영이 실내로 들어서자 내 자리에서도 잘 보이게 됐다.

그것은 덩치가 작은 여성이었다. 젊다…… 고 해도 대충 30대는 되어 보이는 OL 같은 복장을 한 사람이다. 동그란 실루엣의 보브컷이 예쁘다기보다는 귀여운 인상을 주긴 했으나 평균보다 뛰어난 외모라 말할 수 있었다.

"루나가 남자친구를 소개하고 싶다길래…… 마침 괜찮은 기회다 싶어서 나도 소개하려고……. 내년 4월부터 같이 살 거라서, 늦어도 새해에는 가족에게 알려야 한다고 생각했거든."

변명처럼 횡설수설하는 아버지를 보며 루나의 표정이 험악해졌다.

"……무슨 소리야?! '같이 살 거'라니……?!"

당황한 루나와 달리 어머니는 냉정했다.

"재혼하려고?"

그 물음에 아버지는 전처와 등 뒤의 여성을 번갈아 보더니 머뭇거리며 고개를 끄덕였다.

"응……."

뒤에 선 여성도 아버지를 보며 '사전에 들었던 얘기랑 다른데?'라는 표정을 짓고 있었다. 그 압박감을 차마 견디지 못한 듯 아버지가 뒷걸음질 쳤다.

"이건……? 오늘은 대체……."

지옥 같은 침묵이 세련된 레스토랑의 개인실을 감돌았다.

그것을 깬 사람은 루나였다.

"……너무해…… 너무해……!"

루나는 어깨를 떨며 그렇게 말하고는 테이블에 엎드려 와락 울음을 터뜨렸다.

"루나……."

내가 할 수 있는 일이라고는 그런 그녀의 등에 손을 대고 다독이는 것뿐이었다.

주위를 둘러볼 여유가 없었지만, 그 자리에 있던 사람들이 난감한 표정을 짓고 있다는 것은 분위기로 미루어 짐작할 수 있었다.

◇

결국 회식을 진행할 상황이 아니게 되어 모임은 중단하기로 했다.

루나의 어머니가 돈을 지불하려고 했지만, 가게 직원이 "아직 아무것도 시키지 않으셨고 크리스마스 이브라 다른 손님들로 개인실도 금방 찰 테니까요"라고 말하며 만류했다. 루나의 어머니는 폐를 끼쳐 미안하게 됐으니 다음에 꼭 다시 식사하러 오자고 말하며 쿠로세에게 미소를 지었다.

루나에 비해 쿠로세와 어머니의 반응은 상당히 건조했다. 두 사람은 '그 뒤로 벌써 6년이나 지났으니까', '나도 한 번 재혼했고'라는 말을 주고받으며 어쩐지 후련한 얼굴로 돌아갔다. K역 근처 고깃집에서 저녁 식사를 다시 할 생각인 듯했다.

그 뒤 엉엉 우는 루나를 보고 약혼자인 여성이 충격을 받아 가게를 뛰쳐나가자 아버지도 그녀를 쫓아갔다.

그리하여 현재 루나는 시라카와가의 식탁인 코타츠 탁자 위에 엎드려 앉아 있었다. 울음은 이미 그쳤지만, 영혼이 빠져나간 듯 무기력한 것이 나와 대화할 기운도 남아 있지 않은 기색이었다.

무리도 아니었다.

요 일주일간 루나는 정말이지 생기발랄했다. '두 로테 작전' 준비로 분주했을 텐데도 전혀 힘든 티를 내지 않았고 눈동자도 늘 반짝거렸다.

——난, 줄곧 돌아가고 싶었어. 아빠와 엄마와, 언니와…… 마리아, 다섯 명이 함께 살았던 집으로.

그때의 텅 빈 채 슬픔만 어려 있던 눈동자와는 다른 사람의 것 같았다.

줄곧 돌아가고 싶었던 집으로, 어쩌면 돌아갈 수 있을지도 모른다.

그 희망이 요 일주일 동안 그녀를 반짝이게 만들었던 것이다.

그리고 지금, 희망은 맥없이 끊어졌다.

아버지의 재혼이라는 형태로.

안 그래도 루나는 '아빠가 엄마를 계속 좋아했다'고 생각하고 있었을 테니 그 충격은 이루 헤아릴 수 없을 것이었다.

"……."

벽에 걸린 아날로그 시계는 이제 오후 7시를 가리키려 하고 있었다.

오늘은 크리스마스 이브를 즐기기엔 이미 그른 것 같다.

마음에 상처를 입은 그녀에게 가족이 아닌 내가 해 줄 수 있는 말은 없었다. 나는 슬쩍 자리에서 일어났다. 지금은 혼자 있게 놔두자는 생각이 들었기 때문이다.

"그럼, 오늘은 이만 가 볼게……."

그렇게 말하는데, 루나가 내 옷소매를 잡았다.

"……싫어. 가지 마."

코타츠 탁자에서 살짝 고개를 띄운 루나가 눈을 들어 나를 쳐다보았다.

"오늘 밤은 나 혼자 두지 마."

뭐, 뭐라고?!

덜컥 소리를 내며 심장이 터질 것처럼 크게 고동쳤다.

"아, 아니, 혼자는 아닐 거야. 아버지가 계실 테니까……."

"돌아올 리가 없잖아. 이브인걸? 그 여자랑 같이 있을 게 뻔해."

"그런……."

아직 고등학생인 딸이 있는데도 아버지가 집에 돌아오지 않고 애인과 시간을 보낸다고? 설마 사랑에 푹 빠지면 본인이 아버지라든가 보호자라는 의식도 홀랑 날아가 버리는 건가?

"그러니까, 제발……."

루나가 젖은 눈으로 나를 응시했다. 붉게 부어오른 눈시울이 요염했다. 그런 눈으로 쳐다보면, 난…….

"아, 안 돼, 루나. 그럴 수는……."

가지 말라고? 오늘 밤은 나 혼자 두지 말라고?

그 말은 여기서 자고 가란 뜻이잖아!

루나가 입고 있는 하얀 미니원피스는 어깨 부분이 도려내진 것처럼 트여서 하얗고 매끄러운 맨살이 다 드러나 있었다. 코타츠 이불 밖으로는 하얀 허벅지가…….

저도 모르게 목구멍에서 꿀꺽 소리가 났다.

"왜 안 돼?"

루나가 내 소매를 쥔 채 사랑스럽게 고개를 갸웃거렸다.

"왜, 왜냐니, 그야……."

할머니는 여행 중이고 아버지는 돌아오지 않는다. 그런 시라카와 가에서 루나와 단둘이 하룻밤을 보내게 된다면.

내가 아무리 동정이라도 아침까지 참을 수 있을 것 같지 않았다.

"……아니, 역시 안 되겠어!"

나는 루나의 의사를 존중하기로 결심했어……. 루나가 하고 싶어질 때까지 손을 대지 않을 거라고……!

그렇게 생각하며 돌아가려는 내 소매를, 루나가 더 세게 잡아당겼다.

"왜 그런 말을 하는 건데에……."

눈물이 순식간에 눈동자에 차오르더니 뚝뚝 떨어지며 입술을 매끄럽게 적셨다.

"싫어어…… 류토까지 날 내버리려는 거야……?"

눈언저리와 뺨이 붉게 물들고, 성야에 맞춰 차려입은 몸이 유혹하듯 꿈틀거렸다.

"……읏, 그게 아니……!"

차마 볼 수가 없어서 한쪽 눈을 감고 이성을 유지하려는 내게, 루나가 가늘게 뜬 눈으로 애처로이 호소했다.

"상관없어. 난……."

멍하니 벌어진 입술이 야했다. 그 사이로 아른거리는 붉은 혓바닥 끝에 저도 모르게 시선을 고정할 만큼.

"류토한테라면, 안겨도 상관없으니까……."

"……?!"

"그러니까…… 나랑 아침까지 함께 있어 줘……."

루나가 그렇게 말하더니 내게로 몸을 내던졌다.

앉아 있던 루나가 서 있는 내 다리에 온몸의 체중을 싣듯이 매달렸다.

두 다리에 그녀의 뜨거우면서도 보드랍고 나긋한 탄력이 느껴졌다.

크, 큰일이다. ……이대로 있다간…… '서 있는 내'가 '세운 내'가 돼서 루나의 이마에 툭 튀어나온 것이……!

패닉 직전에 다다른 내가 에라 모르겠다! 하고 그녀의 양어깨를 끌어안은 그때였다.

　뜨거워…….

　내 다리에 매달렸을 때부터 느끼고는 있었지만 그녀의 몸이 이상하게 뜨거웠다.

　"……루나, 열이 나는 거 아냐?"

　이 뜨거움은 단순한 열 오름과는 달랐다.

　걱정이 성욕을 능가하며 바로 이성이 되돌아왔다.

　"흐에?"

　루나가 초점이 맞지 않는 몽롱한 눈으로 나를 응시했다. 반쯤 벌어진 입가가 고혹적이었다.

　돌이켜 보면 아까부터 루나가 유독 야하게 보였던 것도 열 때문일지도 모른다.

　"체온계는?"

　"저쪽 서랍에 있어, 저기이…….."

　루나의 어설픈 지시를 받으며 체온계를 찾아낸 나는 그녀가 옆구리 아래에 넣었다 빼낸 체온계를 들여다보고는 경악했다.

　"38.9도?!"

　거의 39도에 가까운 수치에 나는 기겁을 하며 허둥거렸다.

　"약…… 은 의사한테 처방받는 게 낫겠지……. 해열 시트…… 는, 열이 많이 날 때는 효과가 없다고 들었고…… 그럼 물수건?! 혹시 젖은 수건 있어?!"

"젖은 수건……? 꼭 젖어야 해……? 류토가 적셔 줘……."

루나의 발언이 엄청 야릇하게 들리는데! 열이 난 루나가 너무 섹시한 거야? 아니면 내 마음이 추잡한 거야?!

허둥거리면서도 간신히 세숫대야에 얼음물을 받은 뒤 수건을 적셔 간호할 준비를 마쳤다.

"루나, 괜찮아? 방까지 갈 수 있겠어?"

여전히 코타츠에 축 늘어져 있는 루나에게 말을 걸자 루나는 힘없이 고개를 저었다.

"안 되겠어…… 관절이 아파서 꼼짝도 안 해……."

"……."

그리하여 나는 축 늘어진 루나를 업고 계단을 올라갔다.

루나는 여자들 중에서도 가벼운 편이라 생각하지만 내 체력으로는 공주님 안기로 계단을 오를 자신이 없었기 때문이다.

등 뒤에서 탄력 있는 두 개의 살덩이가 부드럽게 눌려 뭉그러지는 것이 느껴졌다.

"후후……."

열 때문에 의식이 몽롱한지 루나가 잠꼬대처럼 웃었다.

루나의 숨결이 정통으로 닿아 목덜미가 간지러웠다.

"후후후…… 류토 냄새가 나아……."

"어?!"

냄새?! 악취 말인가……?!

오늘 아침 욕실에서 박박 씻었는데?!

아, 외출하기 전에 한 번 더 샤워하고 나올걸……. 뭔가를 기대하고 있다는 걸 가족들한테 들키기 싫어서 차마 하지 못했더니.

"좋은 냄새…… 안심이 돼……."

루나가 몽롱하게 속삭였다.

"……."

가슴 두근거림이 멈추질 않는다. 일단 악취로 여기지 않아서 다행이었다.

참고로 부모님에게는 아까 '루나가 갑자기 열이 났는데 가족이 집에 없어서 오늘 밤은 여기서 자면서 간호하겠다'고 사실대로 보고했지만, 아마 변명인 줄 알고 히죽거리고 계실 터였다.

"류토오…… 좋아해애……."

아아, 루나가 지금, 건강만 했다면! 억지로 참느라 몸이 다 떨렸다.

사람을 업고 계단을 오른 건 처음이지만 흥분한 탓에 힘들다는 생각은 들지 않았다. 그저 약간의 걷기 힘듦만 느끼고 있었다.

양손에 느껴지는 맨살의 허벅지의 탄력과 등의 감촉, 목덜미에 끼치는 숨결까지 모든 것이 너무나도 황송해서, 어디에 집중해야 좋을지 알 수 없었다.

고작 열 몇 개밖에 안 되는 단수의 계단이 영원히 이어지면 좋겠다고 생각했다.

하지만 무정하다고 해야 할지 당연하게도, 2층은 금세 도착했다.

"이 방이었지……."

안쪽 방의 문을 열었다. 두 번째 방문이라고 할 수 있는 그녀의 방이다. 영상 통화 배경으로 눈에 익긴 했지만 실제로 들어가 보는 건 오랜만이라, 그녀의 향기가 밴 실내에 들어서자 마치 전쟁에서 이기고 돌아온 듯한 고양감에 심장이 쿵쿵 울렸다.

하지만 지금 내 목적은 어디까지나 간병이었다.

아침에 일어나면서 발로 찬 뒤 그대로 방치했으리라 짐작되는, 적당히 흐트러진 침대 시트를 걷고 등에 업힌 루나를 살며시 내려놓는다.

"으~음……."

눈을 감고서 축 늘어진 루나는 칭얼거리는 듯한 소리를 내며 침대에 쓰러졌다.

그 바람에 길이가 짧은 니트 원피스가 말려 올라가더니, 맙소사!

"……?!"

흰색 새틴처럼 보이는 천이 허벅지 안쪽에서 힐끗 고개를 내밀었다.

"와악!"

반사적으로 시트를 덮어 가렸다.

하얗고 반들거리는 천이 망막에 아른거렸다.

뒤늦게 아까운 짓을 했다는 생각이 들었다. 하지만 그것을 직시할 담력은 지금의 내게는 남아 있지 않았다.

그랬다, 나는 간호를 하러 온 것이다. 다시금 스스로에게 그 말을 뇌까리며 아래층에서 세숫대야를 운반해 왔다.

"……류토……?"

살짝 물기를 짜낸 젖은 수건을 루나의 이마에 얹자 루나가 설핏 눈을 떴다.

"순간적으로 엄마인 줄 알았어. 그럴 리가 없는데 말이야."

씁쓸하게 미소 지으며 루나가 천장으로 시선을 보냈다.

"어렸을 때, 내가 열이 나면 엄마가 종종 이렇게 간호해 주셨어."

고열 때문에 반쯤 꿈을 꾸는 것처럼 루나는 그리운 기색으로 눈을 가늘게 떴다.

"사과를 깎아 주고, 아이스크림을 입에 물려 주고…… 식욕도 없는데 평소보다 더 이것저것 꺼내 주는 거야."

"아, 부모님은 자식이 감기에 걸렸을 때 유독 못 챙겨 줘서 안달이지. 몸이 안 좋아서 그냥 내버려 뒀으면 싶은데도 말이야."

내가 침대 옆 바닥에 앉아 그렇게 말하자 루나는 고개를 돌려 내 쪽을 보더니 살짝 웃었다.

"……류토는 엄마 앞에선 평소보다 아주 약간 버릇없어지더라."

"헉?! 지, 진짜?"

전혀 의식해 본 적도 없던 얘기를 듣고 당황했다.

"그런가……? 딱히 반항기 같은 건 아니라고 생각하는데……"

어쩌면 루나 앞이라고 마더콤처럼 보이기 싫어서 무의식중에 퉁명스럽게 굴었을 수도 있다. 혹시라도 불효자라고 생각할까 봐 진땀이 났다.

"후후, 알고 있어."

살짝 우스워하듯 루나가 웃었다.

"스스럼없이 투정을 부릴 수 있는 환경에서…… 내내 마음 편히 자라왔을 것 같다고 생각하면서 봤어. ……부러웠어."

눈동자에 한층 더 깊은 슬픔을 담고서 그녀가 속삭였다.

"난 엄마를 만나면, 아예 어쩔 줄을 모르겠어. 너무 좋아서…… 어린애로 돌아가 버려."

자조하듯이 미소 짓는 루나를 보며 나는 체육제 때 그녀의 모습을 떠올렸다.

머리를 어루만져 주는 어머니에게 어린애처럼 기쁜 표정을 짓던 루나. 그때는 솔직함을 표현한 것이라 생각했지만, 확실히 고등학생이 된 딸의 반응이라기엔 다소 위화감이 느껴지기도 했다.

"……."

그리고 보니, 마음에 걸리는 구석이 있다.

루나는 나에게 '머리를 쓰다듬어 달라'고 보챌 때가 있었다. 서바이벌 게임을 하고 난 뒤 관람차를 탔을 때도 그랬다.

나는 루나와 접촉할 수 있다는 사실에 가슴을 두근거렸지만…… 어쩌면 루나에게 그런 스킨십은 어머니에게 얻었던 것과 같은 안도감을 바라는 행위이지 않았을까?

"만약에, 엄마가 나랑 계속 함께 있어 줬다면…… 초등학생 때부터 '남자친구를 갖고 싶다'는 생각을 하지 않았을지도 몰라."

내 생각을 뒷받침하는 것처럼 루나가 고백했다.

"아빠는, 좋아하지만…… 한 번 우리를 배신한 아빠에게 이전처럼 마음을 허락하긴 힘들었어. 할머니하고는 그때까지만 해도 한 해에 몇 번 보던 게 다였으니까, 같이 살게 됐다고 해서 냉큼 응석을 부릴 순 없었고. 언니는 남자친구네 집에 가서 거의 돌아오지 않았으니까…… 내가 진심으로 맘 편히 대할 수 있는 사람은 이 집엔 없었어."

열 때문에 초점이 흐려진 눈으로 천장을 바라보며, 루나는 혼잣말하듯 중얼거렸다.

"엄마와 마리아가 사라지고…… 난 외톨이가 됐어. 학교에 가면 친구들은 잔뜩 있었지만…… 내가 원한 건 친구보다 더 가까운 거리에 있어 줄 사람이었어."

그것은 진심에서 우러나온 절실한 호소처럼 들렸다.

"내가 상처받으면 끌어안고 '루나는 착한 아이'라며 머리를 어루만져 줄 사람을 원했어. 내 사소한 얘기도 아침이고 밤이고 몇 시간이든 웃으며 들어 줄 사람을 원했어……. 그런데 그런 일을 해 줄 사람은, 남자친구밖에 없잖아. 난 이제 어린애가 아니니까."

돌이켜보면 루나는 여자한테도 스킨십이 많았다. 특히 야마나와 함께 있을 때는 과도할 만큼 찰싹 붙어 있었다.

남자에게 같은 것을 바랐다면 당연히 야한 방향으로 흘러갔을 터다. 전 남친들이 바로 루나에게 손을 댄 것도 그 녀석들이 경박하다는 이유 때문만은 아니었을지도 모른다.

나도 루나의 잦은 스킨십은 겪을 때마다 가슴이 두근거리고 눈앞이 아찔했으니까. 저번에 이 방에 왔을 때 했던 약속이 있어서 가끔씩 흑화할 뻔하면서도 인내의 나날들을 보내고 있지만…….

나는 이제껏 루나가 나보다 훨씬 어른인 줄 알았다.

하지만, 어쩌면…….

그녀의 내면에는 성장하지 못한 채 어린 시절 모습 그대로 남겨져 버린 부분이 있는 것일지도 몰랐다.

경험은 많이 쌓았어도, 어쩌면 루나는 그렇게 성숙한 사람이 아닐지도 모른다.

처음으로, 그런 생각이 들었다.

"……엄마는 잠들기 전에 항상 날 꼭 껴안아 줬어."

루나가 불현듯 속삭였다.

"엄마…….”

가냘프게 뜬 눈이 애처로워 보였다. 눈동자가 수면처럼 일렁이고 있다.

"소용없었어……. 나랑 마리아는 '두 로테'가 될 수 없었어…….
이제 영원히 엄마랑 같이 살 수 없을 거야…….”

떨리는 목소리로 그렇게 말하는 루나를 보자 참을 수 없는 기분이 들었다.

"내가 있어.”

나는 나도 모르게 그렇게 말하며 루나를 끌어안았다.

"어머니를 대신하긴 힘들겠지만, 내가 있으니까.”

"류토……."

루나도 두 팔을 뻗어 내 등에 둘렀다.

"고마워, 류토……."

심장이 두근거렸다.

크리스마스 이브의 밤, 루나와 방 안에 단둘이. 나는 침대 위에 한쪽 무릎을 꿇은 채 누워 있는 루나를 끌어안고 있다.

안 돼, 불순한 마음을 품으면…… 지금 루나는 환자니까.

그렇게 스스로에게 되뇌며 루나의 심정을 상상해 봤다.

루나가 이 방에서 늘 어떤 마음으로 지내고 있을지.

야마나와 거의 매일 밤마다 통화를 하는 것도, 어쩌면 집 안에서 느끼는 고독함을 달래기 위해서일지도 몰랐다.

아버지에게 거두어져서 쿠로세보다 경제적으로는 안정된 삶을 살았을 것이다. 하지만 루나의 마음속 버팀목은 어머니였던 것이다. 그 버팀목을 잃어버린 건 그녀에게 큰 대미지를 줬을 게 분명했다.

귓가에 루나의 숨결이 느껴졌다. 부둥켜안은 몸이 뜨겁다. 하지만 욕망은 더 이상 솟구치지 않았다.

루나를 지켜 주고 싶다.

내 인생에서 유일한 여자아이가.

몸도 마음도, 기운을 차렸으면 좋겠다…….

그런 바람을 담아 끌어안는데 루나의 두 팔에서 힘이 빠져나갔다.

"……루나?"

몸을 떼고 살펴보자 루나는 눈을 감고 있었다. 숨결도 방금 전보다 평온했다.

아무래도 잠이 든 모양이다.

이마에서 미끄러진 수건을 집어 세숫대야에 넣어 식힌 뒤 다시 이마에 얹었다.

세숫대야의 얼음이 다 녹아 있어서 다시 담아 오려고 방을 나서던 그때였다.

"류토⋯⋯."

루나의 목소리가 들려와 나는 걸음을 멈췄다.

"가지 마, 류토⋯⋯."

그 목소리에 나는 고개를 돌려 침대에 누운 루나에게 미소를 지어 보였다.

"안 가. 여기에 있을 거야."

하지만 루나는 대답이 없었다. 두 눈도 여전히 감겨 있었다.

"잠꼬대⋯⋯ 인가?"

그렇다고 해도 루나의 꿈속에 내가 출연 중이라고 생각하니 기분은 나쁘지 않았다.

성야가 느릿하게 깊어갔다.

◇

풀썩, 하는 소리와 함께 등에 보드라운 무게가 더해지는 것을 느끼며 눈을 떴다.

그리고 그 순간에 이르고서야 비로소 자신이 잠을 자고 있었다는 사실을 깨달았다.

"앗, 일어났어?"

목소리가 난 쪽을 바라보자 루나가 서 있다. 엎드려 가로누운 몸에 모포가 걸쳐져 있었다.

순간 상황 파악이 되지 않아 혼란스러웠지만, 내가 있는 곳은 루나의 방이었다. 간밤에 그녀를 간호하다 바닥에 엎어져 깜빡 잠이 들고 만 모양이었다. 학원 공부로 잠을 잘 자지 못했기 때문이리라.

방 안의 시계를 보자 7시에 가까워지고 있었다. 커튼 틈새로 아침 햇살이 새어 들고 있다.

"아, 좋은 아침……."

루나는 하얀 원피스에서 늘 입던 실내복으로 갈아입은 상태였다.

"몸은 좀 어때? 안 쉬어도 괜찮겠어?"

내가 그렇게 묻자 루나는 미소를 지었다.

"응. 열은 다 떨어진 것 같아. 왠지 배가 고프네."

아하하, 하고 살짝 부끄러운 듯이 웃는다.

"앗, 그렇겠네. ……미안, 아무것도 안 차려 놔서."

"아냐. 나야말로, 아무것도 대접해 주지 못해서 미안. 류토도 배고프지?"

지금은 잠에서 막 깬 상태라 그리 배가 고프지 않았지만, 어제 끼니를 걸렸던 건 사실이다.

"내가 크리스마스 만찬을 만들어 뒀거든. 레스토랑에서 밥을 먹을 줄 알았으니까, 치킨이랑 케이크뿐이지만."

"그렇구나……. 고마워."

"지금 먹을까?"

"엇, 아침부터?"

치킨과 케이크를?

"무리? 먹기 싫어?"

"아니, 무리 없이 먹을 수 있을걸."

루나가 내 대답에 기쁜 듯이 웃었다.

"다행이다! 그럼 먹자!"

아래층으로 내려오자 거실은 어제 보았던 모습 그대로였다. 역시 아버지는 돌아오지 않은 듯했다.

루나가 준비해 둔 건 닭 통구이와 부쉬드노엘 모양의 크리스마스 케이크였다. 시판 롤 케이크를 토대로 동영상을 참고하며 만들었다는 케이크는 크림이 발린 모양새에서 제법 초보 티가 나서 그게 또 사랑스러웠다.

"잘 먹겠습니다~!"

루나의 방으로 요리를 날라 와 아침 7시 반부터 둘만의 크리스마스 파티를 시작했다.

"앗, 37.5도래. 완전히 떨어진 줄 알았는데~."

내가 '혹시 모르니까 재 보자'고 건넨 체온계를 옆구리에 끼고 있던 루나가 그것을 후드 집업의 목 쪽으로 빼내 테이블 위에 올려놓았다.

"오늘은 무리하지 말고 쉬는 게 낫겠다."

"그러게……. 니콜이랑 만날 약속을 했었는데, 취소해야겠어."

루나는 냉큼 스마트폰을 꺼내더니 고속으로 자판을 두드렸다.

"그런데 이 치킨 간이 좀 싱겁지 않아? 미안~. 소금이라도 쳐서 먹을래?"

루나가 자리에서 일어나려고 하길래 나는 고개를 저었다.

"아냐, 난 괜찮아."

먹어 보니 맛에 편차가 좀 있는 것 같아서 아까부터 간이 센 곳과 약한 곳을 찾아 같이 먹고 있었다.

"그래? ……참, 맞다! 이거, 크리스마스 선물!"

루나가 어제 들고 있던 가방을 열어 안에서 꺼낸 것을 나에게 건넸다. 그것은 녹색 봉투에 빨간색 리본으로 포장된 선물이었다.

"얼른 열어 봐!"

"으, 응. ……고마워."

봉투를 열어 보자 안에는 흰색 봉투가 여러 개 들어 있었다. 그것을 꺼내 살피자…….

"부적?"

나온 것은 신사에서 흔하게 파는 부적이었다. '학업 부적'이라든가 '합격 부적' 같은 말이 적혀 있는 것뿐만 아니라, '건강 기원'이나

'액막이', '교통안전'이라고 적힌 것까지 있었다.

"응. 처음엔 공부 관련 부적만 살 생각이었는데 니콜이 '그렇게 공부만 하면 몸이 상하지 않을까?'라고 하길래 불안해져서, 그밖에도 이것저것 걱정이 되더라고."

에헤헤 소리를 내며 루나가 웃었다.

자세히 보니 부적의 종류만 다양한 게 아니라 부적에 적혀 있는 신사 이름도 한군데가 아니었다.

"……혹시, 신사를 몇 군데나 돌아다닌 거야?"

"어? 응……. 공부 부적으로 검색하다 보니 칸토* 3대 천신? 이란 게 나와서."

"칸토 3대 천신? 그런 것도 있구나."

"응. 기왕 사는 거 다 모아보고 싶어져서, 니콜이랑 같이 어제 돌고 왔지."

"그랬구나……. 이, 타니(谷)…… 호(保)…… 천만궁? 이란 신사는 어디에 있는 거야?"

"아~ 그건 '야보'라고 읽는 것 같더라구. 그게~ 신주쿠에서 게이오 선을 타고 한 번 환승한 곳에 있었어."

"헉, 엄청 먼 곳 아냐? 레스토랑에 가기 전에 신사를 세 번이나 돌았다는 뜻이지?"

"응응."

"아침부터? 추웠겠네?"

---

* 일본 혼슈의 동북부 지역을 말한다.

"아~ 웅. 그건 오산이었어. 전날은 따뜻하더니~."

루나가 쓴웃음을 지었다.

신사 경내는 일반적으로 야외에 속하니 어제 루나의 복장은 신사를 참배하기에는 추웠을 터다. 갑자기 열이 난 것도 그게 원인이었을지도 모른다고 생각하자 미안한 마음이 들었다.

"요즘 류토가 공부를 되게 열심히 하잖아? 내가 해 줄 수 있는 건 이런 게 다니까……."

"……고마워, 루나."

루나의 마음이 기뻐서 가슴이 벅차고 훈훈해졌다.

"부적, 전부 달고 다닐게. 대입시험을 치르려면 아직 1년이나 남았으니까, 잔뜩 보호를 받아야지."

내가 그렇게 말하자 루나가 뺨을 붉히며 웃었다.

"에헤헤."

"나도, 루나한테 줄 선물이 있어."

"뭐?!"

크리스마스에 만나기로 한 연인에게 선물을 준비하는 건 당연한 일이라고 생각했는데도 루나는 놀란 듯이 두 눈을 크게 떴다.

"정말~?! 뭔데?!"

"지금 가져올 테니까…… 잠시만 기다려 줄래?"

나는 그렇게 말한 뒤 내 가방을 가지고 방을 나섰다.

"메리 크리스마스~."

어울리지 않게 밝은 목소리를 내며 방으로 들어온 나를 루나는 눈을 휘둥그레 뜬 채 바라보았다.

큰일인데, 너무 과했나……?

나는 빨간 모자를 쓰고 빨간 윗옷을 걸친 채 흰 수염과 안경을 끼고 있었다. 전부 100엔 숍에서 조달한 지극히 간소한 산타 코스프레였다.

──산타 할아버지가 집에 와서 우리한테 선물을 줬거든. 기뻤어.

──아빠였지만 말이지, 산타.

깜짝 이벤트를 좋아하는 루나에게 그녀가 전에 말했던 어린 시절 크리스마스의 추억을 재현해 주려고 생각했던 것이다.

이걸 준비할 때는 설마 어제의 모임이 그렇게 끝날 줄은 상상도 못 했으니, 지금 아버지와의 추억을 상기시킨 건 역효과일지도 모른다. 나는 그녀의 무반응에 덜컥 겁이 나 허둥거렸다.

"저기…… 이거, 선물……."

일단 손에 든 꾸러미를 루나에게 건네주긴 했지만.

무슨 말을 해야 이 분위기가 달라질까 싶어 마른 입술을 축이던 그때였다.

"……후훗……."

루나가 웃었다.

웃으며 한쪽 눈으로 눈물을 흘렸다.

"엥?! 루, 루나……?"

당황해서 얼굴을 쳐다보자 루나가 다른 한쪽 눈으로도 뚝뚝 눈물을 떨구기 시작했다.

"후훗…… 류토잖아. 양말이 똑같아서 알아봤어……."

루나가 내 발치를 가리키며 웃었다. 양말뿐만 아니라 바지도 똑같았고 가장이라기엔 아주 허술한 퀄리티였지만, 루나가 울면서 신나게 웃는 걸 보니 나도 덩달아 웃음이 나왔다.

"하하…… 루나의 아버지랑 같은 실수를 해 버렸네……."

그 말이 떨어지기 무섭게 루나의 눈물이 단숨에 넘쳐흘렀다. 역시 '아버지'는 언급하면 안 되는 단어였나 싶어 당황했다.

"미, 미안……."

쩔쩔매며 사과하자 루나는 눈물을 머금은 눈동자로 고개를 저었다.

"아냐, 괜찮아. 왜냐면 내 산타 할아버지는 이제 아빠가 아니니까."

그렇게 말하며 미소 지은 루나가 불쑥 내 쪽으로 몸을 기댔다.

"……?!"

난데없이 안겨 와서 얼어붙은 내 귓가에 루나가 속삭였다.

"……나한테 기쁨을 주는 사람은 류토라는 걸…… 알게 됐으니까."

"루나……."

굽이치는 머리카락이 코끝을 간질이자 두근거림이 멈추지 않았다.

그런 내게서 느릿하게 몸을 뗀 루나가 살짝 부끄러운 기색으로 나를 올려다보았다.

"있지, 선물 뜯어 봐도 돼?"

"으, 응, 당연히……."

다시 선물로 눈을 돌린 루나가 테이블 위에서 조심스레 포장을 뜯었다.

"……앗, 피어스다!"

"응. 그 반지, 문스톤…… 이었지? 같은 보석이 달린 게 있길래."

"정말?! 진짜네~!"

루나는 자신의 오른손 약지에 끼고 있던 반지와 피어스를 번갈아 보았다. 루나는 내가 여름 축제 때 선물했던 반지를 그 뒤로도 학교 밖에서 만날 때마다 끼고 있었다.

방금 루나에게 준 피어스는 반지와 마찬가지로 하얀 천연석이 반짝이는 금도금 귀고리였다. 인터넷에서 산 거라 같은 상점의 물건은 아니지만, 내 나름대로는 세트처럼 보이는 걸 찾아냈다고 생각하고 있다.

"루나는 이미 피어스를 잔뜩 갖고 있겠지만…… 생각나는 게 그것밖에 없었어, 미안."

"아냐! 기뻐! 피어스는 몇 개를 갖고 있어도 모으게 되니까."

루나가 붕붕 고개를 저었다.

"그리고…… 류토가 골라서 산 거라고 생각하니까, 엄청 기뻐."

희미하게 뺨을 붉힌 채 미소를 지으며 나를 바라본다.

"고마워, 류토. ……당장 껴 볼게."

루나는 그렇게 말하더니 달고 있던 피어스를 뺐다. 그리고는 문 스톤이 달린 피어스를 양쪽 귀에 착용했다.

그 과정에서 머리카락을 귀 뒤로 모아 두는 바람에 하얀 목덜미가 드러나 보였다. 나는 아름답고 고혹적인 그 모습을 정신없이 쳐다보았다.

"다 됐다! 어때?"

루나가 싱글벙글하며 새 피어스를 자랑했다.

"응, 엄청 잘 어울려."

그것은 내가 인터넷에서 살 때 예상했던 것보다 몇 배나 더 루나와 잘 어울렸다.

"다행이다~! 에헤헤. 오늘은 계속 이걸 끼고 있어야지~."

루나는 그렇게 말하며 빼낸 피어스를 들고 침대 위로 올라갔다. 액세서리 스탠드가 침대 머리맡에 놓여 있어서 거기에 걸어놓을 작정인 듯했다.

그때 침대에 무릎을 짚은 루나가 한쪽 무릎 밑에서 봉제인형을 당겨 빼냈다.

"앗, 밟아 버렸네. 미안해, 치짱."

치짱?

어디서 들어 본 듯한 이름에 퍼뜩 정신이 들었다.

"그건……."

내가 손가락으로 가리키자 루나가 인형을 들어올렸다.

"아~ 이거? 고양이 치짱이야. 귀엽지? 엄~청 예전에 마리아한테 받은 거야."

한손으로 피어스를 걸어놓은 루나는 치짱을 안고 침대에서 내려왔다.

치짱은 작은 고양이 인형이었다. 무슨 캐릭터인지는 알 수 없지만 플라스틱으로 된 동그스름한 눈동자가 사랑스러웠다.

"……마리아는 있지, 조르는 걸 잘했어. 부러웠어."

침대 밑에 앉은 루나는 치짱을 쳐다보며 불쑥 중얼거렸다.

"난 옛날부터 생각하는 걸 바로 입 밖으로 내서 그런가, 사람들한테 감정이 가볍게 보이나 봐. 장난감 같은 걸 '갖고 싶다'고 해도 그래 그래 알았어 하며 넘겨 버리고 별로 상대를 안 해 주더라고."

쓴웃음을 짓듯이 루나가 나를 보며 웃었다.

"하지만 마리아는 나랑 비교하면 말수가 적어서, 장난감 가게에서도 아무 말 없이 물끄러미 상품을 쳐다보고 있었거든. 어른들은 그런 아이한테 '사 주고 싶다'는 생각이 드나 봐. 마리아는 어렸을 때부터 큰외삼촌한테 예쁨을 받아서, 선물도 이것저것 많이 받았어. 이것도 그중 하나고."

"그랬구나."

"그래도 마리아는 애초에 별로 가질 맘이 없었던 것 같더라고. 갖고 싶지 않으니까 '갖고 싶다'고 말하지 않았을 뿐인 거지. 그래서 내가 대신 받았어."

쿠로세에게 들었던 일화를 루나의 시점에서 듣는 건 신선했다.

"그런데 딱 한 번, 마리아가 치짱을 돌려 달라고 말한 적이 있었어."

그렇게 말하는 루나의 얼굴이 살짝 흐려졌다.

"되게 슬펐어. 치짱은 처음부터 엄청 귀여웠는데, 그걸 방구석에 먼지투성이로 놔둔 건 본인이잖아? 나중에 돌려 달라고 말할 거면 처음부터 예뻐해 줬으면 됐잖아. 왜 하필 내가 정을 붙이고 나서 그런 얘길 하는 거야? 하고. 슬프고 화가 나서, 때려 버렸어. 그치만 너무 불합리하잖아?"

루나는 죄책감과 억울함이 뒤섞인 표정을 짓고 있었다.

나는 그런 그녀에게 말했다.

"……쿠로세는 치짱이 아까워졌던 게 아니었어. 루나가 귀여워하니까 치짱을 갖고 싶어졌던 거래."

"뭐?"

"루나를 좋아하니까. 동경하니까 다가가고 싶었던 거야."

"……그거, 마리아가 한 말이야?"

루나가 살짝 표정을 굳혔다.

"응. 나랑 아직 친구였을 때."

내가 말하자 루나는 가볍게 입술을 깨물며 고개를 숙였다.

"그렇구나……."

그리고 다음으로 고개를 들었을 때는 이미 밝은 표정을 짓고 있었다.

"그럼, 류토는 치짱에 대해서도 알고 있었겠네."

"실물을 보는 건 처음이지만. 생각했던 것보다 말끔해서 깜짝 놀랐어. 소중히 아꼈구나."

확실히 전체적으로 낡은 것이 세월의 흐름이 느껴지긴 했지만, 보기 흉하게 때가 탄 부분도 없이 자주 관리하고 아낀 티가 났다.

"응!"

루나가 치짱을 안고 웃었다.

그런 루나를 보자 나도 미소가 새어나왔다.

"쿠로세랑 원래대로 돌아가게 돼서 다행이네."

"……응, 그러게."

루나가 고개를 끄덕이며 순간 망설인 것이 마음에 걸렸다.

"……아직도 뭔가 마음에 걸리는 게 있어?"

내 물음에 루나는 완만하게 고개를 저었다.

"아니. 그저, 역시 완전히 예전처럼 돌아가긴 쉽지 않다는 걸 느꼈을 뿐이야. 벽이 있다고 할까……. 6년이나 거의 연락 없이 지냈으니까. 그 사이에 마리아가 어떤 기분을 느꼈고 어떤 사정이 있었는지 많이 모르잖아. 저쪽도 그럴 테고."

"그런가……."

그건 어쩔 수 없는 것일지도 모르겠다.

"그래도 조금씩 대화를 나누면서 돌아갈 수 있었으면 좋겠다."

"그러게 말이야. ……진심으로 그렇게 생각하고 있어."

설핏 미소 지으며 루나가 속삭였다.

"다시 온 가족이 함께 지내진 못 해도…… 최소한 마리아하고는 예전처럼 친해지고 싶으니까."

나도 진심으로 그렇게 되길 기도하고 있다. 그리고 쿠로세에게도 웃는 일이 늘어났으면 좋겠다고 생각했다.

"……난, 참 바보 같아."

그때 루나가 불쑥 자조하듯 중얼거렸다.

"크리스마스 이브가 결혼기념일인 게 뭐가 대수라고. 아빠도 엄마도 이미 한참 전에 앞으로 나아갔는데 말이야."

루나가 치짱의 머리에 턱이 파묻힐 만큼 꾹 끌어안았다.

"나 혼자 일주일 내내 멋대로 들뜨고, 긴장하고, 실패하고, 우울해져서…… 이게 다 무슨 짓인지 모르겠어."

"안 그래……."

그런 루나가 안쓰러워서 나는 화제를 전환할 것을 찾았다.

그러다 저도 모르게 '앗' 하고 외마디 소리를 질렀다.

"기념일 하니까 생각났는데…… 저번 주가 반년 기념일이었지?"

내 말에 루나도 '앗' 하고 소리를 지르며 눈을 크게 떴다.

"맞아! 그랬어!"

루나가 믿을 수 없다는 듯이 외쳤다.

"헉, 왜 잊고 있었지?! 기말고사를 칠 때까지는 기억하고 있었는데! 으앙~, 반년 기념일은 제대로 축하하고 싶었는데~!"

"할 수 없지. 이브 준비로 바빴으니까."

나도 기말고사 뒤에는 동기 강습 예습에 쫓기느라 계속 바빴고.

지난주의 기억을 떠올리며 루나를 봤을 때였다.

"……왜, 왜 그래?"

너무 놀라 저도 모르게 동작을 멈췄다.

루나가 울고 있었다. 치짱의 머리 위로 눈물이 뚝뚝 흘러내리고 있다.

"루나……? 괜찮아?"

반년 기념일 축하를 까먹은 게 그렇게 충격적이었던 걸까. 내가 쩔쩔매자 루나가 고개를 좌우로 흔들었다.

"아냐. ……설마, 내가 남자친구와의 기념일을 잊어버리는 날이 오다니……."

루나는 그렇게 중얼거리며 치짱의 머리에 얼굴을 묻었다.

"류토랑 사귀는 게 내 안에서 정말로 일상처럼 평범한 게 됐다고 생각하니까…… 기뻐서……."

"루나……."

전 남친과의 기념일을 루나는 어떤 심정으로 맞이했을까?

앞으로 한 달. 앞으로 일주일……. 그때까지 이 사람과 계속 사귈 수 있을까?

그런 심정으로 손꼽아 헤아리며 보내고 있었을까.

그렇다면 나는 루나에게 예전 남친들이 주지 못했던 안정감을 주고 있는 걸지도 모른다.

그렇게 생각하자 마음이 단단해지는 듯한 기분이 들었다.

"그럼, 지금부터 축하하자. 우리 둘의 반년 기념일."

"응! 그러자."

두 눈의 눈물을 훔치며 루나가 미소를 지었다.

우리들은 살짝 비어 있던 유리잔에 콜라를 더 채운 뒤 다시 잔을 맞댔다.

"메리 크리스마스! 앤드…… 두 사람의 반년 기념일에, 건배!"

루나의 밝은 목소리가 그녀의 성에 울려 퍼졌다.

루나와 함께 맞이한 첫 크리스마스는 이렇게 아주 약간의 쓸쓸함과 함께 평온하게 흘러갔다.

제<u>3</u>.<u>5</u>장 <u>루나와 니콜의 긴 전화</u>

"진짜……? ……뭐랄까…… 틀렸어, 말이 안 나오네."

"……."

"아무튼, 실패한 건 유감이네…… '두 로테' 작전."

"응……."

"그런데 전화해도 괜찮은 거야? 루나 너 앓고 일어난 지 얼마 안 됐다며?"

"응, 그건 괜찮아. 벌써 열도 내렸고, 좀 나른한 정도니까. 오늘 크리스마스 여자 모임, 못 가서 미안."

"그런 건 신경 안 써도 되니까. 무리하지 말고, 오늘은 일찍 자."

"네에~! ……후후. 니콜, 엄마 같아."

"그런 말 자주 들었어, 동아리 후배 같은 애들한테."

"……엄마라……."

"……정말, 이런 일도 있을 수 있구나. 루나, 엄청 열심히 했는데 말이야."

"응……. 그래도 어쩔 수 없지. 두 사람의 마음이 서로를 보고 있지 않은데 억지로 재혼시킬 수는 없으니까."

"……괜찮아? 루나, 우울한 건 아니지?"

"응. 류토가 있어 줬거든. 혼자였으면 극복하기 힘들었을지도 몰라……."

"대단하다. 어젯밤 내내 간호해 줬다며?"

"응."

"야한 행동은 전혀 없었어? 자는 동안에 이상한 짓 당한 거 아냐?"

"류토는 그런 짓 안 해애~."

"흐음~. 정말 남자 맞아? 성욕이 있긴 한 거래?"

"……."

"왜 그래? 루나."

"있긴 할 거야. 류토, 체육관 창고에서 마리아를 밀어 쓰러뜨렸대."

"뭐?! 그게 뭐야, 언제 얘기야?!"

"여름방학 전……."

"대체 무슨 일이 있었던 거야?!"

"그래도 거기서 멈췄으니까, 괜찮아."

"그렇다고…… 뭐, 루나가 납득한 거면 상관은 없지만."

"……납득이 가는 건 아냐."

"그럼……."

"그것 말고, 납득이 안 가는 건 류토가 어젯밤에 나한테 야한 행동을 하려고 하지 않았다는 사실이야!"

"엥?"

"이상하지 않아? 정말로 좋아하는 여자친구랑 이브 날 밤에 단둘이 있으면 흥분 안 하는 게 이상하지 않아?"

"아니, 그거야 루나가 열이 나서겠지? 내가 두둔하는 것도 이상하지만 그럴 경황이 없었다고 할까, 간호에 몰두한 거 아닐까?"

"그래도, 성욕이란 건 그거랑은 또 별개 아냐? 이성으로는 제어할 수 없다고 할까."

"뭐, 그것도 사람에 따라 다를 것 같긴 한데……. 별로 하고 싶지 않은 걸 수도 있고, 사랑해서 참을 수 있는 걸지도 모르고."

"있지, 류토는 어느 쪽일 것 같아?"

"뭐어?! 그런 건 나보단 네가 더 잘 알겠지~."

"모르겠어~! 류토랑 그런 얘길 해 본 적이 없단 말이야."

"그런데, 넌 그런 얘길 일부러 피하지 않았어?"

"왜?"

"남자친구랑 그런 얘길 하면 분위기가 야해지잖아. 아직 섹스는 하고 싶지 않았다며?"

"모르겠어~! 모르겠지만, 류토가 마리아는 쓰러뜨렸는데 나하고는 하룻밤을 보내면서도 아무 짓도 안 했다고 생각하니까, 자꾸 울컥울컥 짜증이 나! 나한테 매력이 없나 싶어서 걱정도 되고……."

"……에노시마 때는?"

"어?"

"에노시마 때도 밤새 아무 일도 없었잖아. 루나도 아프지 않았고."

"그랬지……."

"그때 아무 일도 없었던 건 상관없어?"

"⋯⋯그건⋯⋯ 그래도, 그때는 아직 사귄 지 한 달밖에 안 됐을 시기니까⋯⋯."

"⋯⋯설마 루나, 슬슬 하고 싶어진 거야?"

"엥?! 그, 그런가?!"

"그런 거 아냐?"

"뭐? 모르겠어! 그냥, 자꾸 생각하게 돼. ⋯⋯류토가 어떤 얼굴로 마리아를 쓰러뜨렸을지, 질투가 나는데도⋯⋯ 멋대로 상상이 가. 생각하지 않는 편이 낫다는 건 아는데."

"⋯⋯그건 사랑이네."

"응?"

"이제야 '사랑'을 하게 됐네."

"엥, 무슨 뜻이야?"

"루나의 연애가 시작됐다는 뜻이야, 그전엔 사랑이라고 말하기 힘들었잖아?"

"그러게⋯⋯. 그런데, 그러면, 그건 뭐였던 걸까?"

"음~, 굳이 말하자면 인류애랄까?"

"헐, 뭔가 되게 거창하다!"

"날 좋다고 말해 주는 사람이니까, 열심히 좋아하려고 애써 보자는 느낌이었잖아? 그래서 상대방이 떠나면 그걸로 끝이었잖아. 상처 입어도 매달리면서까지 막아서지도 않았고."

"응⋯⋯."

"그러니까 사랑은 아니었던 거야. 하지만 그게 이제야 사랑이 됐네. 카시마 류토랑 사귀면서 처음으로."

"처음으로…… 그러게."

빰을 붉히며 중얼거린 루나는 낯간지러운 듯이 침대 위에서 끌어안은 무릎으로 시선을 내렸다.

"이런 나한테도…… 류토에게 줄 수 있는 '처음'이 있었구나……."

제 4 장

신년이 되어 새로운 한 해가 시작되었다.

새해 첫날 오후, 나는 루나와 함께 신사 참배를 나섰다.

"경치 좋다."

높다란 평지에 있는 신사에 도착해 계단을 끝까지 올라가 뒤를 돌아본 나는 저도 모르게 탄성을 내질렀다.

코앞에 보이는 것은 주택가와 전철이 오가는 선로였지만, 먼 곳까지 펼쳐진 전경과 맑게 갠 파란 겨울 하늘이 기분 좋았다.

루나가 옛날에 부모님 손을 잡고 찾아왔었다는 A역 근처 신사는 이 동네 새해 참배객들에게 인기가 많은지 정오가 지난 시간에도 참배하는 사람들로 줄을 잇고 있었다.

"응…… 그러게."

루나는 별로 말이 없었다. 폭신폭신한 하얀 숄에 고개를 묻은 채 추운 듯이 맞잡은 손을 내 코트 주머니에 넣었다.

루나는 새해답게 나들이용 기모노로 몸을 감싸고 있었다. 또렷한 한색 계열의 기모노가 잘 어울렸다. 평생 쳐다보고 싶을 만큼 사랑스러웠다.

하지만 화사한 차림새와는 반대로 그녀의 표정은 밝지 않았다.

"……"

크리스마스 이래로 루나는 기운이 없었다. 감기는 이미 다 나은 듯하니, 건강 문제는 아닐 터였다.

"……내일, 후쿠사토 씨가 집에 온대."

후쿠사토 씨는 루나의 아버지와 결혼을 약속한 사람의 이름이다. 오사카 병원 접수창구에서 사무를 보고 있으며 아버지와는 데이트 어플을 통해 알게 되어 지난해 여름부터 사귀었다고 했다.

몇 달 동안은 서로 도쿄와 오사카를 오가며 달에 몇 차례 만남을 가졌지만, 그녀가 도쿄에 이직할 직장을 찾으면서 최근에 이 주변으로 이사를 오게 되었다고 했다.

"아빠가 체육제 전날에 갑자기 못 오게 됐던 일이 있었잖아? 그것도 그 사람이 지금 살고 있는 먼슬리 맨션을 보러 간 거였대. 부동산에서 그 사람한테 '원하시는 매물에 공실이 생겨서요. 그 밖에도 찾는 분들이 많으시니까 계약하실 거면 바로 결정해 주세요'라는 연락이 와서, 도쿄에 가게 됐으니 같이 집을 봐 달라는 요청을 받았다고. 출장이 아니었던 거지."

"……그랬구나……."

뭐라고 말을 해야 좋을지 알 수가 없어서 그 말밖에 하지 못했다.

루나의 아버지라서 비판은 하고 싶지 않지만, 나는 루나의 남자친구다 보니 아무리 애를 써도 그녀의 아버지에게 분노를 느꼈다.

딸이 있으면서.

물론 지금 루나의 아버지는 싱글이니 여자친구를 사귀고 만나러 가는 것도 자유였다. 하지만 그게 고등학생 딸이 기대하고 있던 행사보다 우선해야 하는 일이었을까?

"……내일이 안 왔으면 좋겠어. 니콜이랑 놀러 가기로 약속했는데, 그 전에 인사 정도는 하고 가라는 거야. 후쿠사토 씨가 크리스마스 이브 때 내 태도를 보고 충격을 받았으니 사과하라고."

"……그렇구나."

굳이 루나가 사과할 필요가 있나? 아버지 입장에서야 그러는 게 좋을 수는 있겠지만, 아무리 생각해도 납득이 가지 않았다.

"싫어……. 싫은 일들뿐이야. 3월이 되면 후쿠사토 씨가 이사 올 거래. 내 옆방…… 옛날엔 할아버지 서재였던 곳이 그 사람 방이 될 거라고."

"……그렇구나."

"정말 싫어……. 그전까지는 그 집에서 나가고 싶어. 니콜은 '우리 집에 와도 된다'고 말해 줬지만, 니콜네 집에는 방이 두 개밖에 없고 아주머니께도 죄송해서 그렇게 몇 달이나 눌러앉을 순 없잖아?"

루나가 한숨을 내쉬며 말했다.

"너무 싫어……. 앞으로 나, 어떡하지? 알바라도 시작해 볼까? 그런데 고등학생이 혼자서 살 집을 구할 수 있나?"

"으음……."

알아 본 적이 없어서 모르겠지만, 아마 부모님 허락 없이는 힘들 것이었다.

결국 대답하지 못하는 나를 보며 루나는 불쑥 미소 지었다.

"류토랑 같이 살 수 있으면 좋을 텐데 말이야."

장난스러운 어조였지만 그녀가 반쯤 진심으로 그렇게 생각하고 있다는 것을 알 수 있었다.

"……그럴까?"

"어……?"

내 말에 루나가 눈동자를 일렁거렸다.

"어떻게?"

"둘이서, 먼 곳으로 가서……."

"어디에 살려고?"

"……호텔…… 은 돈이 너무 들겠지."

여름방학 때처럼 루나의 증조할머니인 사요 씨 집이나 내 할머니, 할아버지 집에서 신세를 지는 방법은…… 어느 쪽이든 고등학생이 학교를 땡땡이치고 눌러앉았다간 금세 부모님에게 연락이 가고 말 것이다. 장기 체류는 할 수 없었다.

그럼 역시 숙박시설밖에 없겠지. 집을 빌리는 게 불가능한 이상은.

그러려면 어떻게든 돈을 마련해야 한다.

"……내가 일할게. 일용직 알바를 해서라도, 어떻게든."

"뭐? 그럼 학교는 어떡하려고? 류토, 학원 공부도 열심히 해 왔잖아……."

확실히 그랬다간 고교생활이나 대입 수험은 물 건너 갈 것이다.

게다가 일용직 알바라고 해도 어떤 종류가 있고 어떻게 찾을 수 있을지 상상도 되지 않았다. 운 좋게 일을 얻는다고 해도 터무니없는 육체노동일 가능성이 높다. 체력에 자신이 없는 내가 그런 일로 루나를…… 결혼해서 아이 셋을 낳고 싶다는 그녀를 행복하게 해 줄 수 있을까?

생각할수록 파국이 점점 눈에 들어와 나는 입을 꾹 다물 수밖에 없었다.

"……미안……. 현실적이지 못했어."

"아냐. 괜찮아, 류토. 마음만으로도 기뻐."

루나는 다정하게 미소 지었다.

"지금은 힘들겠지. 그러니까 '같이 살면 좋겠다'는 건 농담이었어, 후후."

한심한 표정을 짓고 있는 내게 루나가 그렇게 말하며 웃었다. 몹시 해맑은 웃음소리였다.

나는 스스로의 무력함에 침울해졌다. 루나가 기운을 되찾은 듯하다는 것이 그나마 위안이었다.

이럭저럭하는 와중에도 참배 행렬은 어느새 앞으로 나아갔고, 우리들은 세전함 앞에 떠밀리듯 섰다.

주변 어른들이 하는 것을 보고 흉내 내 두 번 절을 하고 두 번 박수를 친 뒤 나란히 서서 합장했다.

먼저 기도를 마치고 눈을 뜨자 옆에 선 그녀는 아직 눈을 감고 있었다.

"뭘 기도했어~?"

줄 밖으로 나와 가벼운 해방감을 느끼며 경내를 걷는데 루나가 그렇게 물었다.

"음, 그게……."

말할까 말까 조금 망설였지만.

"……'루나에게 행복한 한 해가 되기를' 하고 기도했어."

방금 전의 그녀를 보았더니 그렇게 기도하지 않고는 견딜 수 없었다.

"그러니까, 괜찮아. 두 사람 몫의 기도니까, 틀림없이 신에게도 닿을 거야."

내 몫의 기도와 루나 본인의 기도. 다들 자기 소원을 우선으로 비니까 여기 있는 누구보다 신에게 주는 임팩트가 클 터였다.

이 멋진 여자애의 미소를 빼앗는 일이, 두 번 다시 일어나지 않기를.

나는 굳게 다짐하듯 속으로 기도했다.

"류토……."

루나는 젖은 눈으로 물끄러미 나를 쳐다보았다.

그리고는 울 것 같은 얼굴로 웃으며 입을 열었다.

"……후후, 미안. 그럼 별로 의미 없는 일을 해 버렸을지도 모르겠다."

"응?"

그게 무슨 뜻이지? 의아해하는 내게 루나가 미소를 지었다.

"내가 '제 몫까지 류토를 행복하게 해 주세요.'라고 기도해 버렸거든."

"······루나······."

마음이 훈훈하게 달아오르더니 금세 찡하게 저려 왔다.

이 아이는 어쩌면 이렇게 착할 수 있을까. 자신이 당장 힘든 상황에 처해 있는데도 신 앞에서 다른 사람의 행복을 기원하다니.

"있지, 이 경우엔 어떻게 되는 걸까?"

루나가 흥미진진한 기색으로 나에게 물었다.

"우리 둘 다 행복해질 거라는 뜻으로 생각하면 되려나?"

나는 그런 그녀에게 흐뭇한 기분을 느꼈다.

"그렇겠지, 아마도."

우리들은 누가 먼저라고 할 것 없이 손을 잡고 신사 계단을 내려 갔다.

하루 중 가장 태양의 은혜를 많이 받는 시간대의 공기일 텐데도 얼굴에 닿는 바람은 코가 아릴 만큼 차가웠다.

서로의 온기를 갈구하듯 몸을 딱 붙인 채 걸으며 나는 신이 바로 루나의 소원을 이뤄 준 것 같다고 생각했다.

"있지, 잠깐 차나 마시러 갈까?"

신사가 있는 언덕을 내려와 별 생각 없이 루나의 집 쪽으로 걸어 가던 그때 루나가 말했다.

"상관은 없지만······ 괜찮겠어? 오늘은 아버지랑 할머니도 집에 있다며?"

"응······ 그래서 말한 거야."

루나가 굳은 표정으로 얼굴을 숙였다.

"지금은 아빠랑 같이 있기 싫어……. 내일 얘기를 꺼낼 것 같아서."

"그렇구나……."

루나의 심정은 이해가 갔기에 역 앞으로 가서 영업 중인 프랜차이즈 카페에 들어갔다.

"3월부터…… 매일 이런 생각을 해야 하는 걸까. ……우리 집인데."

"그래도 후쿠사토 씨하고는 아직 제대로 얘기해 본 적 없지? 어쩌면 괜찮은 사람일지도……."

"무리야."

중재해 보려는 내 말을 루나는 단칼에 기각했다.

"그치만, 아빠가 결혼할 사람이라는 건 내 새로운 '어머니'란 뜻이잖아? 나한테 어머니는 엄마밖에 없는걸……."

머그잔에 담긴 캐러멜 마키아토의 휘핑크림을 녹이려는 것처럼 루나가 두 손으로 잔을 들고 흔들었다.

난방을 튼 실내는 마음이 녹아내릴 만큼 따뜻했지만, 루나의 표정은 여전히 딱딱했다.

"받아들일 수 없어. 한 지붕 밑에서 내 아빠가 나랑 아무런 상관도 없는 여자와 같이 잔다는 건……."

루나는 머그잔을 흔들던 손을 멈추며.

"생각하고 싶지도 않아. ……기분 나빠."

뱉어내듯이 그렇게 말했다.

"……."

요사이 조금씩 깨닫게 된 것이 있다. 루나는 이해심이 있고 어른스러운, 그저 착하기만 한 아이가 아니었다.

그녀가 평소에 생글거리며 수용하고 있는 것들은 실은 루나에게는 '아무래도 상관없는 일'인지도 몰랐다.

'두 로테 작전' 때도 그랬지만, 루나는 자신이 양보할 수 없는 일에 한해서는 몹시도 완고하고 독선적이고 제멋대로였다.

태양처럼 밝기만 한 것이 아니다.

달처럼 그늘도 숨기고 있다. 그녀는 '루나'니까.

착한 아이도, 성숙한 어른도 아니다.

17살의 어디에나 있는 평범한 여자애인 것이다.

"하아……."

그런 루나가 눈앞에서 한숨을 내쉬고 있다.

──류토랑 같이 살 수 있으면 좋을 텐데 말이야.

머릿속에 조금 전 루나가 했던 말이 반복해서 재생되었다.

동시에 아까 맛보았던 무력감이 다시 엄습했다.

그녀가 이렇게 고민하고 있는데, 내가 해 줄 수 있는 일이라고는 신에게 기도하는 것뿐인가?

내가 만약 성인이었다면.

내 수입이 있고 자립할 수 있었다면…… '내 집으로 와. 같이 살자' 라고 당당히 말해 줄 수 있었을 텐데.

지금의 나는 어떻게 할 수도 없었다. 고등학생 두 사람이 감정에 맡겨 사랑의 도피를 했다간 금세 삶이 피폐해질 것이 뻔했다.

그렇다면 내가 할 수 있는 일은 뭐지?

생각하는 거야.

루나에게 새로운 보금자리를 만들어 줄 수 없다면, 그녀가 지금 있는 곳을 지켜 주는 수밖에 없다.

그러려면 어떻게 하는 게 좋을까.

"……루나, 지금 집을 방문해도 돼?"

"어?"

루나가 놀란 얼굴을 했다.

"아빠랑 할머니도 있는데?"

"응. 새해 첫날부터 집을 방문하게 돼서 가족 분들에게는 죄송하지만…… 루나의 아버지와 잠깐 얘기를 나누고 싶어."

고작 내 말로 그녀의 아버지를 설득할 수 있을지는 모르겠지만.

그래도 그 방법밖에 없는 것이다.

지금만큼 '빨리 어른이 되고 싶다'고 생각한 적이 없었다.

하지만.

나는 성인이 아니다. 분하지만, 아직, 도저히.

아이는 어른의 보호를 받을 수밖에 없다. 그것은 내가 해결할 수 없는, 어찌할 도리가 없는 일이었다.

그래서 나는 루나와 무모한 도피행을 벌이는 대신 루나의 아버지에게 루나의 보금자리를 지켜 달라고 부탁하기로 했다.

내가 할 수 있는 거라곤 그것밖에 없을 테니까.

◇

시라카와가 거실에는 설날 특집 코미디 방송이 흐르고 있었다.

"……그래서, 할 얘기라니?"

루나의 아버지도 들어오라고 권한 코타츠에 들어가는 대신 정좌한 내게서 뭔가 범상치 않은 분위기를 느꼈는지 의아한 얼굴로 말했다.

루나의 아버지는 지난번과는 달리 트레이닝복 같은 실내복을 입고서 까치집을 한 머리카락도 정돈하지 않은 오프 모드의 모습을 하고 있었다.

코타츠 위에는 정월 음식을 덜어 놓은 듯한 접시와 캔맥주 몇 개가 놓여 있다. 남의 집 사생활에 난입한 듯한 느낌이 역력해서 미안함에 몸이 움츠러들었다.

루나의 할머니는 새해 첫날부터 느닷없이 들이닥친 내게 놀라면서도 "떡국이라도 먹을래~? 지금 만들어 줄게!" 하고 부엌에 섰다. 풍성한 회색 머리를 핑크빛이 도는 보라색으로 염색한, 루나에게 들었던 말대로 멋지고 활달한 사람이었다.

"그게, 실은……."

나는 떨리려고 하는 목소리를 애써 목구멍 밖으로 밀어내며 말했다.

"조금…… 부탁드릴 일이 있어서요……."

"부탁?"

"그, 그게…… 루나는 3월부터 아버지의 재혼 상대분과 함께 산다는 사실에 큰 충격을 받은 상태라서…… 그러니까, 저기, 한집에 사는 걸 좀 더 미뤄 주셨으면 좋겠습니다……."

눈을 내리깔며 주뼛주뼛 말하는 내게 루나의 아버지는 피곤하다는 듯이 고개를 내저었다.

"그 얘기라면 루나한테 이미 했어."

그런 얘기를 하려고 일부러 온 거냐는 기막힘이 섞인 시선이 느껴졌다.

루나는 내 뒤에서 마찬가지로 정좌 중이었다. 그런 딸을 힐끗 보며 루나의 아버지가 입을 열었다.

"나한테도 내 인생이 있어. 아무리 가족으로 묶인대도 구성원 각자는 한 사람의 인간이야. 같이 살지라도 서로의 자유를 존중할 필요가 있다고. ……그렇게 생각해서 루나한테도 그동안 제법 많은 자유를 줬다고 보는데. 루나도 이젠 17살이고 어른이잖아. 이 정도 일도 이해해 주지 못한다고 하면 곤란해."

그 발언을 듣자마자 무언가가 울컥 신경을 건드렸다.

조금 전 신사에서 느꼈던 굴욕 같은 분노가 세 번째로 치밀어 오르는 것을 느꼈다.

"고등학생은, 어른이 아니에요……."

빨리 어른이 되어 루나를 따라잡고 싶다고 생각했지만.

나도 루나도 아직 어른이 아니었다.

고등학생은 어긋난 존재다.

겉보기엔 거의 성인이고, 취미나 취향도 확실하고, 자기 나름의 주관을 갖고 있고, 성인이 할 수 있는 일은 대부분 할 수 있고, 스스로도 어른 같다는 느낌이 들 때가 있지만.

그래도 혼자서는 살아갈 수 없다. 생계를 유지할 양식을 마련하는 방법을 아직 갖고 있지 않으니까.

분하고 답답해서 어찌할 바를 모르겠지만. 고등학생은 아직 '아이'인 것이다.

그리고 어른에게는 아이를 지킬 의무가 있다.

"아이가 매일 맘 편히 지낼 수 있는 곳을 마련하는 건 어른의 책임이에요."

그러지 않으면 우리들은 살아갈 수 없는 것이다.

"부디…… 이 집에서 루나가 있을 곳을 빼앗지 말아 주세요……."

고개를 숙이는 내 등 뒤에서 루나도 고개를 숙이고 있는 것을 옷자락이 스치는 소리로 미루어 알 수 있었다.

"그런 말을 해도 말이지……."

잠깐의 침묵 뒤 루나의 아버지가 말했다.

"이쪽에도 사정이 있어. 이런 얘긴 딸한테 하기 좀 그래서 말하지 않고 있었는데……."

얼굴을 들자 루나의 아버지는 난감한 표정을 짓고 있었다.

"내 애인이 산부인과 쪽…… 자궁에 지병이 있어. 나이도 벌써 서

른일곱이고, 본인은 초혼이라서 아이를 갖고 싶어 해. 어쩌면 자연임신이 어려울 수도 있으니까, 난임 치료를 시작할 생각이거든."

느릿하게 목을 긁으며 루나의 아버지가 조곤조곤 설명했다.

"벌써 의사 선생님에게 상담도 받고 있는데, 적극적인 난임 치료는 배우자끼리만 가능하다나 봐. 그것 때문에라도 서둘러 결혼할 필요가 있어."

아버지가 자꾸 시선을 피해서, 나도 쳐다보면 안 될 것 같은 느낌에 바닥과 벽 쪽으로 시선을 분산시켰다.

"자연임신에 대한 희망도 놓은 건 아니니까…… 그런 이유로 되도록 빨리 같이 살고 싶은 거고."

동정인 나에게는 지나치게 적나라한 단어들의 연발에 제대로 의미를 파악할 생각도 하지 못한 채 눈알만 굴렸다. 게다가 그런 얘기를 하고 있는 사람이 여자친구의 부친이라는 긴장감이 더해지자, 심장이 심상치 않게 뛰기 시작했다.

나 따위가 있을 곳이 아닌 것 같았다. 지금 당장 집으로 돌아가고 싶다.

하지만.

여기서 '예, 그러시군요' 하고 물러났다간 루나의 상황은 나아지지 않았다.

"……."

아버지의 사정은 아버지의 사정.

내가 고려해야 할 것은 루나의 행복이었다.

루나를 최우선으로 생각하기에 버리고 온 것도 있다.

머릿속에 쿠로세가 어른거렸다.

나조차 그랬는데, 왜 루나를 가장 사랑해야 할 그녀의 아버지가 그렇게 하지 않는 걸까.

나는 천천히 심호흡을 한 뒤 재차 입을 열었다.

"……그래도…… 일에는 순서가 있다고 생각해요."

지금부터 내가 할 말은 루나의 아버지에게 무척 실례가 되는 말일지도 모른다.

그래도 쿠로세와 절교한 나이기에 더더욱 말하지 않고서는 견딜 수 없었다.

"죄, 죄송하지만…… 아버, 아니, 루나의 아버님께서는…… 그 분과 결혼하려고 루나의 어머님과 헤어지신 건가요?"

루나의 아버지는 노골적으로 어처구니가 없다는 표정을 지었다.

"설마, 그럴 리가 없잖아. 지금 애인이랑 만나게 된 건 최근이라고."

나는 그 틈을 노려 파고들었다.

"그럼…… 그분과의 인연은, 애초에, 루나의 아버님께서…… 바, 바람을 피우지 않으셨으면, 생길 수 없었던 것 아닌가요……?"

다 큰 어른이 눈앞에서 말문이 막히는 광경을 태어나서 처음으로 목도한 것 같은 기분이 들었다.

나는 반격이 돌아오기 전에 머리를 풀로 회전시켜 설득할 말을 찾았다.

"앞으로…… 아직 태어날지 아닐지도 모르는 아이보다는…… 지금 이미 눈앞에 있는 자기 아이의 행복을 우선해 주실 수는 없을까요?"

잔혹한 말을 하고 있다고 생각했다. 후쿠사토 씨가 들었다면 상처를 받았겠지.

그래도 그보다 더 심한 짓을 먼저 저지른 건 루나의 아버지였다.

"이 아이는 이미 많은 상처를 입어 왔으니까요."

딱히 누구라고 지칭하지는 않았지만, 말하지 않아도 알 것이다. 이걸로 루나의 아버지가 내게 받은 인상은 최악이 되었을 게 분명했다.

그래도 상관없다고 생각했다. 남에게 미움을 받는 건 좋아하지 않지만.

루나를 지키기 위해서라면.

하지만 루나의 아버지가 아직도 할 말을 잃고 있는 모습을 보자 조바심이 들어 수습하려 입을 열었다.

"저, 저기, 루나는 딱히 아버지가 결혼을 안 했으면 좋겠다고 생각하는 건 아니에요. 호적에 넣는 것 정도는 반대하지 않을 거라 생각해요. 단지 약혼자분과 함께 사는 걸 잠시 미루고 싶을 뿐이죠. 루나가 고등학교를 졸업할 때까지…… 최소한 1년 정도만이라도요."

내 말이 귀에 들어가고 있는 건지 아닌지도 헷갈릴 만큼, 루나의 아버지는 계속 고개를 숙인 채 침묵하고 있었다.

부엌에서 식칼을 쓰는 소리와 함께 할머니의 콧노래가 들려왔다.

설마 거실이 이 상태가 되어 있을 줄은 꿈에도 모르고 있을 게 분명
했다.

TV 안에서 낄낄거리는 인기 코미디언들이 다른 행성의 사람들처
럼 보였다.

"……."

내가 할 말은 이제 없었다.

지옥 같은 침묵을 견디는데, 루나의 아버지가 불쑥 자리에서 일어
섰다.

"오늘은 이만 돌아가지."

그 얼굴에는 적나라한 분노가 담겨 있었다. 당연했다.

"아, 네. ……갑자기 찾아와서 실례가 많았습니다."

나는 정좌 자세를 풀고 비틀거리며 자리에서 일어났다. 루나의
아버지를 설득하지도 못하고 그저 화만 나게 만든 스스로가 한심했
다.

하지만 루나와 눈이 마주쳤을 때 그녀의 눈동자는 희미하게 반짝
이고 있었다.

제4.5장 루나와 니콜의 긴 전화

"······그래서 말이지, 류토, 완전 멋있었어~!"

"정말? 의외다!"

"아빠한테 똑 부러지게 말하는데, 남자답고 정말 멋있었어! 아직도 가슴이 두근거려~! 이런 걸 논파라고 하나? 류토는 머리가 참 좋아. 내가 '왠지 이상하지 않나?'라고 생각하면서도 뭐라고 말해야 할지 몰라서 답답했던 부분들을 전부 아빠한테 정확히 말로 따져 줬어."

"오~ 제법인데."

"엄청 멋있었어! 내 남자친구 최고라고 생각했어!"

"후후, 루나가 그런 말을 다 하다니."

"응?"

"사랑을 하고 있네~."

"응······ 엄청 사랑하고 있어! 류토가 너무 좋아······."

"그럼 이제 슬슬?"

"뭐가?"

"섹스. 아직 안 했다며?"

"아~ 응······. 이게 '하고 싶다'는 기분인 걸까?"

"엥~? 루나가 '하고 싶다'고 생각하면 그런 거 아냐?"

"모르겠어~! 이런 건 처음이라……. 가슴이 두근거리고 계속 같이 있고 싶긴 한데, 좀 더 가까이 있고 싶다는 이 마음이 그런 걸까?!"

"우와~ 짜증. 난 지금 남자친구랑 거리 두기 중이거든. 새해인데 새해 복 많이 받으란 라인도 안 왔다고."

"아~ 미안, 니콜!"

"됐어. 다른 남자한테는 인기 폭발이니까."

"뭐?!"

"니시나 렌한테 안부 문자가 왔어. '올해는 나랑 사귀면 대길이 래!' 하고. 무슨 그딴 운세 제비뽑기가 다 있다고."

"진짜~?! 그런데 니시나하고는 언제 라인 교환을 한 거야?!"

"서바이벌 게임 때, 라인에다 우리 여섯 명 그룹을 만들었잖아? 거기를 타고 온 모양이야."

"완전 적극적이네! 의외다!"

"역시, 사랑은 사람을 바꾸나 봐~."

"아하하, 남의 일처럼 말하네."

"남 일이지 그럼. 나랑은 상관없는 일인데."

"……그래도 사랑에 빠지면 변한다는 건 진짜인 것 같아. 나도 지금 내 모습을 믿을 수가 없는걸. 남자친구 때문에 이렇게 가슴이 두근거릴 수도 있다는 게."

"아~ 네네."

"나만 자랑해서 미안, 니콜~! 니콜도 자랑해 봐."

"싫어, 허무하기만 한걸."

"니시나 얘기도 괜찮으니까!"

"그 녀석은 그냥 친구라고."

"그럼, 나만 자랑해도 돼?! 미안!! 오늘 류토가 진짜로 너무 멋있었거든~! 아빠가 마지막엔 아무 말도 못 하게 돼서, 완전 통쾌했어!"

"흠흠."

"너무 좋아, 류토~!"

"그래서, 결국 어떻게 된 건데? 재혼 상대랑 동거하는 건."

"그게 말이지, 아빠가 처음엔 화를 냈는데, 류토가 돌아가고 나서 나한테 '잠시 생각할 시간을 달라'고 하더라구. 그리고는 저녁에 나갔으니까 여자친구랑 얘기를 하러 간 것 같아. 심지어 '그렇게 싫으면 내일은 일단 안 만나도 된다'고까지 했다니까. 그래서 아침부터 놀 수 있어!"

"오~ 알았어! 그럼 마루큐*에서 복주머니 줄이나 서 볼까?"

"갈래~! 완전 기대된다!"

신나게 대답한 루나는 니코루와 내일의 약속을 잡은 뒤 전화를 끊었다.

그리고는 스마트폰 앨범을 켜서 오늘 참배를 마치고 돌아가는 길에 신사 기둥 문 앞에서 류토와 함께 찍은 셀카를 바라보며.

"……고마워, 류토."

뺨을 붉힌 채 그렇게 혼잣말했다.

---

* 시부야의 대형 쇼핑몰 시부야109의 약칭.

　루나의 아버지는 후쿠사토 씨와의 동거를 '루나가 고등학교를 졸업할 때까지' 연기하기로 했다. 후쿠사토 씨도 갑자기 고등학생인 딸과 시어머니와 함께 4인 가족생활을 하는 것에 불안감을 느끼고 있었는지, 예상했던 것보다 수월하게 요구를 받아 주었다.

　"고마워, 류토! 류토 덕택이야……."

　루나는 영상 통화로 그 사실을 보고하며 눈에 눈물을 글썽이고 있었다.

　그리고 3학기가 시작되었다.

　정월 연휴의 여운이 겨우 가실 때쯤 1월이 끝나고, 2월로 접어들자 사랑하는 남녀들에게는 일대 이벤트에 해당하는 기념일이 다가왔다.

　밸런타인데이다.

　작년까지는 나와 상관없는 일이라고 무관심을 가장하면서도 뭔가 기적이 일어나지 않을까 싶어 당일 마음 한구석에서 가슴을 졸이던 날이었지만, 올해는 달랐다.

　이제는 당당하게 가슴 두근거릴 수 있었다.

　"안녕! 밸런타인 데이트, 기대된다~!"

2월 12일 아침, 등교한 루나가 내 자리로 와 신나게 말을 걸었다.

"안녕. ……그러게."

나는 주위의 시선을 살피며 조심스레 미소 지었다.

밸런타인 데이트는 하라주쿠에서 하기로 했다. 원하는 게 뭔지 물어보길래 밸런타인데이에 뭘 해야 좋을지 몰랐던 내가 "초콜릿을 먹는다든가?"라고 말했더니 루나가 좋아하는 가게에 같이 가게 되었던 것이다.

교실 안에는 아침부터 긴장된 공기가 감돌고 있었다. 언뜻 보기엔 평상시와 별다를 게 없는 광경이지만, 해마다 이 '은밀한 긴장감'을 경험해 왔던 나는 그것을 느낄 수 있었다.

올해는 밸런타인데이가 휴일이라 금요일인 오늘이 학교에서 초콜릿을 주고받을 수 있는 기회였기 때문이다.

그런 임시 밸런타인데이의 점심시간, 언제나처럼 아싸 셋이 점심 식사를 하러 한자리에 모이자, 그곳에는 이상한 기류가 감돌고 있었다.

"……둘 다, 무슨 일 있었어?"

잇치와 닛시가 책상을 붙이더니 도시락도 꺼내지 않고 침울하게 앉아 있었다.

"잇치~?"

"저기, 어제 KEN 라이브 방송 봤어?"

잇치의 질문에 나는 고개를 저었다.

"아니…… 어제는 학원 숙제를 하느라 못 봤어. 주말에 아카이브

영상으로 보려고 했지."

"나도…… 좀 할 일이 있어서."

닛시도 그렇게 대답했다.

그러자 잇치는 심각한 표정으로 책상 위에 놓인 주먹을 꽉 쥐었다.

"……KEN이 말이야, 호오대를 졸업했대."

"뭐?! 진짜?"

호오대는 일본인이라면 누구나 아는 굴지의 유명 사립대였다.

"KEN이 그렇게 머리가 좋았다고?!"

닛시도 경악하고 있다.

"전 프로게이머에 유명 유튜버에 고학력자라니…… 인생이 너무 치트키잖아."

"그치? 진짜 너무 충격을 받아서…… 식사가 목으로 안 넘어가네."

두 사람은 충격을 받은 기색이었지만 나는 묘하게 납득하고 있었다. KEN은 진지한 토크를 할 때는 조리에 맞는 얘기를 하는 일이 많았기에 평소 영상에서는 까불거려도 머리가 좋은 사람일 거라고 생각했다.

"젠장~…… 우리도 호오대를 목표로 해 볼까?"

"그게 되겠냐……. 우리 학교 수준에서 적당히 노려볼 만한 대학이 C랭크인데."

"하긴."

두 사람은 한숨을 내쉬며 암울한 얼굴을 하고 있었다. 게임만 하는 줄 알았던 KEN에게 배신당했다고 느낀 걸까.

그 대목에서 나는 불현듯 의문을 느꼈다.

"그러고 보니 닛시 넌 아까 왜 어두운 표정을 짓고 있었던 거야?"

나처럼 KEN의 라이브 방송을 보지 않았으니 잇치와 같은 이유는 아닐 텐데.

"아……."

내 질문에 닛시는 별안간 머뭇거리기 시작했다.

"실은, 어제 어떤 걸 좀 만들었거든. ……그걸 건네줄까 말까 고민하고 있었어."

"뭐? 만들어?"

"건네줘? 누구한테?"

애매한 대답에 나와 잇치가 미간에 주름을 잡았다.

닛시가 그런 우리를 외면하며 수줍은 듯이 입을 열었다.

"……그러니까, 초콜릿이라고……."

"엥? 초콜릿?"

"직접 만든 거야? 닛시 네가? 왜? 우리한테 먹이려고?"

잇치는 어리둥절해 하고 있었지만 나는 바로 짐작이 갔다.

"……설마, 야마나한테 주려고?"

내가 그렇게 묻자 닛시는 흠칫한 표정을 짓더니 등 뒤를 돌아보았다.

"쉿……!"

그쪽에는 루나나 타니키타와 함께 여자애들과 점심을 먹고 있는 야마나가 있었다. 신나게 재잘거리고 있어서 이쪽의 목소리가 들리는 것 같지는 않았다.

"오니 가루한테? 말로만 듣던 역초콩이야? 수제 초콜릿이라니 부지런하네~."

닛시의 진지한 연심을 아는지 모르는지 잇치가 감탄한 기색으로 말했다. 원래도 타인의 심리에 다소 둔감한 구석이 있었지만, 참가키즈가 되고 나서는 더더욱 둔감함이 상식 수준을 벗어난 듯했다.

그런 잇치는 의지할 수 없다고 생각한 건지 잇치가 화장실에 간 틈을 타 닛시가 나에게 말을 걸었다.

"있잖아, 캇시. 내가 초콜릿을 주러 갈 때, 같이 와 주지 않을래?"

"뭐?"

"혼자선 불안해서 그래. ……부탁할게."

"사, 상관은 없지만……."

타니키타에게 고백한 이치도 그렇고, 어째서 이 두 사람은 좋아하는 애를 만나러 가는 현장에 나를 동행시키고 싶어 하는 걸까.

그래도 친구가 나를 의지하는 게 그리 싫지는 않았기에, 나는 닛시의 역초콩을 지켜봐 주기로 했다.

◇

순식간에 방과 후가 되었다.

오늘은 루나와 같이 집에 가기로 약속을 해 둔지라 여유 시간이 별로 없었다.

잇치는 당번이라 일지를 쓰고 있어서 나는 이때다 싶어 냉큼 교실 밖으로 나와 복도에서 닛시와 합류했다.

"방금 라인으로 '복도로 와 줘'라고 보냈어."

그렇게 말한 닛시는 긴장한 얼굴을 하고 있었다.

잠시 뒤 야마나가 혼자서 복도로 나왔다. 라인을 읽고 나타난 듯 닛시를 보더니 똑바로 이쪽으로 다가왔다.

나는 닛시에게서 슬쩍 떨어져 두 사람의 목소리가 들리지 않을 만한 장소로 이동했다.

야마나와 닛시가 두세 마디를 나누었을 때쯤, 닛시가 손에 들고 있던 것을 내밀었다. 초콜릿이 들어 있으리라 짐작되는 작은 꾸러미였다.

야마나는 닛시를 보며 의아하다는 듯이 무어라 말하면서도 꾸러미를 받아들었다.

그리고는 감사인사를 하는 것 같더니 받아든 초콜릿을 손에 들고 교실로 돌아갔다.

일단 받아가긴 한 모양이다. 닛시, 다행이야……. 내가 그렇게 생각했을 때였다.

시야 끄트머리에 낯익은 실루엣이 비친 듯한 기분이 들어 그쪽을 보았다.

그곳에는 쿠로세와 타니키타가 있었다.

루나와 쿠로세가 쌍둥이라는 사실이 퍼진 날부터 쿠로세는 루나에게 업혀 가는 형태로 인싸 여학생들 무리에 끼게 되었다. 특히 타니키타와는 오타쿠 취향이 맞고 수학여행 조도 같은 덕에 급속도로 친해져서, 쉬는 시간에 타니키타와 웃으며 얘기하는 쿠로세의 모습을 보는 날이 많아졌다.

그런 두 사람이 지금은 복도 기둥의 움푹 들어간 곳에 끼우듯이 몸을 숨긴 채 대화를 나누고 있었다. 교실에서는 할 수 없는 얘기인 걸까……. 내가 그렇게 생각하는데, 타니키타가 손에 들고 있던 종이봉투를 쿠로세에게 떠밀 듯이 건넸다.

"평생의 부탁이니까! 웅?!"

타니키타의 목소리만 들려온다.

타니키타가 얼굴 앞에서 손바닥을 마주치더니 간절히 비는 포즈를 취했다.

"이런 일을 부탁할 수 있는 사람은 마리메로뿐이야~! 니콜이랑 루나한테 부탁하면 놀림당할 게 분명하다구. ……그러니까 제발!"

할 수 없다는 듯이 종이봉투를 받아든 쿠로세는 난처한 표정을 지었지만, 타니키타의 절박한 모습에 마음이 움직였는지 머뭇거리며 고개를 끄덕였다.

"고마워~! 그럼 잘 부탁해!"

타니키타가 환해진 얼굴로 바람처럼 떠나갔다.

쿠로세는 무슨 부탁을 받은 걸까. 내가 그렇게 생각하며 먼발치에서 바라보는데.

주변을 둘러보던 쿠로세와 불시에 눈이 마주쳤다.

황급히 시선을 돌렸지만, 쿠로세는 어찌 된 영문인지 내 쪽으로 걸어왔다. 불편한 마음에 발길을 돌리자.

"카시마……."

쿠로세가 나를 불렀다. 난감한 목소리였다.

"……무, 무슨 일이야?"

쿠로세와 둘이서 대화하는 건 그녀와 절교한 밤 이후로 처음이었다. 종합과목 시간에는 조별 학습에 꼭 필요한 얘기만 했다.

쿠로세는 파리해진 얼굴로 주위를 둘러보더니, 내 손을 잡고는 "잠깐만 이리 와" 하고 걸음을 뗐다.

"엥? 뭐, 뭐야……."

"됐으니까 제발!"

쿠로세는 전에 없이 강압적인 기색으로 빈 교실의 문을 열었다.

쿠로세에게 연행돼 가는 나를 보며 맞은편에 있던 닛시가 당황한 표정을 짓는 것이 보였다.

"쿠, 쿠로세? 저기……."

"오해야, 이걸 이지치한테 건네줬으면 해."

쿠로세는 그렇게 말하더니 방금 전 타니키타에게 건네받은 종이봉투를 나에게 주었다. 안에는 새빨간 하트가 그려진 상자가 들어 있었다. 시기가 시기다 보니 누가 봐도 진심 초콜릿이란 느낌이 드는 선물이다.

"아카리가 있지, 이지치한테 초콜릿을 주고 싶대. 하지만 절대로

자기라는 걸 들키고 싶지 않다는 거야. 신발장에는 너무 커서 안 들어가니까 나 보고 '전해 달라'고 부탁하는데…… 난 이지치랑 대화해 본 적이 거의 없어서, 카시마가 대신 전달해 주면 안 될까?"

"어? 아아……."

과연, 그렇게 된 거였구나.

"알았어. 좋아, 내가 대신 전해 줄게."

잇치, 깜짝 놀라겠지. 설마 타니키타가 줄 거라곤 생각도 안 해 봤을 테니까.

내가 잇치의 반응을 상상하고 기대하며 종이봉투를 받아든 그때였다.

드르륵 소리와 함께 교실 문이 열리더니 복도에서 누군가가 나타났다.

"'루나!'"

나와 쿠로세가 동시에 외쳤다.

"니시나한테 '류토를 봤냐'고 물어보니까 여기라고 말해 줘서……."

루나는 그렇게 말하며 우리를 보고는 눈살을 찌푸렸다.

"……여기서, 뭘 하고 있었어?"

"어, 그, 그게……."

나는 루나에게 타니키타가 잇치에게 초콜릿을 전달하려고 했다는 얘기를 해도 되는 건가 싶어 머뭇거렸다.

아마 쿠로세도 마찬가지였으리라. 우리는 당황하며 말없이 시선을 주고받았다.

"……그거, 초콜릿 맞지?"

그런 나와 쿠로세의 반응에 루나의 표정이 점점 더 험악해졌다.

그 모습에 그녀가 '오해를 하고 있다'는 것을 깨달았다.

"아…… 그러니까…… 이건 말이지……."

쿠로세가 횡설수설하며 입을 열려던 그때였다.

철썩!

메마른 소리가 우리들밖에 없는 교실에 울려 퍼졌다.

순간 무슨 일이 벌어진 건지 알 수 없었다.

루나가 오른손을 내려친 자세로 어깨를 들썩이며 숨을 몰아쉬고 있다.

쿠로세는 멍하니 비스듬히 아래쪽을 보고 있었다. 왼뺨이 불그스름했다.

루나가 쿠로세의 뺨을 때렸다.

그 사실이 겨우 머리에 들어왔다.

쿠로세가 들고 있던 종이봉투가 그 충격에 바닥으로 떨어졌다.

"대체 왜 이래? 이제 류토를 그만 좀 유혹해."

그 종이봉투를 보며 루나가 말했다.

루나는 내가 여태껏 봐 온 어떤 그녀보다 화가 난 표정을 짓고 있었다.

——루나가 친구들 앞에서는 잘 화를 내지 않는데, 내 앞에선 화가 나면 엄청 무서웠거든.

쿠로세의 말이 떠올랐다.

내 눈앞에 있는 루나는 순수한 분노를 노골적으로 드러내며 쿠로세와 대치하고 있었다.

"류토는 내 남자친구야! 마리아한테는 안 넘겨 줄 거라고!"

눈에 눈물까지 글썽이며 루나가 드높게 선언하듯 외쳤다.

"마리아는 늘 그랬어. 치짱 때도."

루나가 분한 기색으로 입술을 꾹 다물고는 마리아를 쳐다보았다.

"왜 그래? 마리아는 이미 갖고 있는 게 많잖아. 내 걸 여기서 더 빼앗아가지 마."

그 말을 들은 쿠로세가 울컥한 듯이 미간을 찌푸렸다.

"뭐? 무슨 소릴 하는 거야? 잔뜩 갖고 있는 건 루나면서."

시비에 시비로 맞서며 쿠로세가 둑이 터진 것처럼 말을 토해냈다.

"인기도 많고, 친구들도 잔뜩 있고. 아빠도……. 루나는 모두에게 사랑받는 아이니까, 아빠도 루나를 선택한 거잖아. 나도 루나처럼 태어났으면 아빠한테 사랑받았을지도 모르는데. 그런데도 자기가 갖고 있는 게 전부 당연하다는 얼굴로 사는 거, 정말 짜증나거든! 내가 얼마나 루나가 되고 싶었는데!"

"그게 뭐야……."

"루나는 옛날부터 그랬어. 자기가 본모습 그대로 사랑받으니까 무리를 해야만 사람들과 관계를 유지할 수 있는 인간의 심정 따위는 생각해 본 적도 없지. 순수해 보이지만 실상은 강요나 다름없어. 루나가 준 달이랑 별 피어스도, 자기 이미지에서만 모티브를 따 왔잖아. 정말 자기애가 강해."

"……."

루나는 살짝 미간을 찌푸린 채 상처 입은 듯한 얼굴로 쿠로세를 보고 있었다.

무리도 아니었다. 몇 년이나 떨어져 지내던 여동생이 이렇게 우르르 속마음을 쏟아냈으니.

"……엄마한테 안 물어봤어? 마리아가 엄마랑, 내가 아빠랑 살게 된 이유."

잠시 후 루나가 입을 열었다. 복잡해 보이는 표정이었다.

"당연히 물어봤지. '여러모로 고려한 결과'라고 했어. 진실을 말할 수 없을 때 어른들이 사용하는 상투적인 문구잖아."

루나가 내뱉듯이 말하는 쿠로세를 할 말이 많은 듯한 눈빛으로 바라보았다.

"아빠는 가르쳐 줬어. 우리가 이렇게 된 이유."

그리고는 그렇게 말하며 조용히 입을 열었다.

"사실은 엄마가 둘 다 데려가고 싶어 했다고. 하지만 그 당시 엄마는 직장이 없었고 본가로 돌아가도 외할머니는 외할아버지의 간호를 해야 했어. 아빠가 보내주는 양육비만으로 우리 두 사람을 다 돌보며 사는 건 무리라고 판단해서 한 사람만 골라서 데려가기로 했고……."

쿠로세는 눈을 부릅뜬 채 바닥을 응시하며 루나의 얘기를 듣고 있었다.

"아빠가 날 선택한 게 아냐. 그때, 엄마가 마리아를 선택한 거야."

"뭐……?"

쿠로세가 속눈썹을 떨며 루나를 보았다.

"그 애는 섬세해서 자기 감정을 솔직하게 표현하지 못하는 구석이 있으니까, 같은 여자인 내가 옆에 있으면서 돌봐 주고 싶다'고, 엄마가 아빠한테 말해서 결정된 거야."

루나의 말에 쿠로세가 두 손을 입가에 댔다.

"거짓말……."

"계속 그렇게 생각하고 있었던 거야? 아빠가 마리아 널 선택하지 않았다고? ……만약 그랬다고 해도, 엄마랑 같이 있을 수 있다는 사실에 기뻐하면 됐잖아. 사람은 뭔가를 선택할 수밖에 없어. 전부 다 손에 넣을 순 없다고. 나한테도 살면서 포기해 왔던 게 있어. 하지만 그 대신 얻은 것도 있으니까."

루나가 의연한 어조로 말했다.

루나가 떠올린 포기한 것이란 분명 어머니나 다시 가족 모두와 함께 사는 꿈이었으리라. 그리고…… '얻은 것'에 내가 들어가 있다면 기쁠 것 같았다.

"우리가 같이 살았을 때는 나나 마라아나 아빠랑 엄마를 비슷한 정도로 좋아했잖아?"

그렇게 말한 루나는 조금 전보다 다정한 눈빛으로 쿠로세를 바라보고 있었다.

"하지만 잃어버렸으니까. 나는 엄마를…… 마리아는 아빠를. 그래서 잃어버린 쪽의 존재감이 커져서 정말로 좋아한 건 그 사람이었다고 착각한 거지. 적어도 나한테는 그런 시기가 있었어."

루나의 말에도 쿠로세는 대답이 없었다.

"마리아는, 지금도 엄마가 싫어?"

루나가 그렇게 물으며 불현듯 진지한 얼굴을 했다.

"싫으면 나한테 줘."

그러자 쿠로세가 퍼뜩 놀란 표정을 지었다.

"싫어."

쿠로세가 고개를 가로저으며 말했다.

"아빠는 루나 거잖아. 그러니까 엄마는 넘겨주지 않을 거야."

루나는 잠시 동안 진지한 얼굴로 쿠로세를 바라보는가 싶더니.

"알았어. ……난 아빠랑, 마리아는 엄마랑 살자."

그렇게 말하며 미소를 지었다.

그런 루나에게 쿠로세가 고개를 숙인 채 입을 열었다.

"나도 내게 주어진 걸 소중히 여기려고 마음먹고 있어. ……이제야, 그렇게 살 결심을 한 참이니까."

어설프게 더듬거리며 쿠로세가 말했다.

"그러니까, 카시마도, 빼앗을 생각 없어."

"뭐? 그치만……."

반박하려는 루나에게 쿠로세가 바닥에 떨어진 종이봉투를 가리켰다.

"이게 내가 카시마한테 주려는 초콜릿으로 보여?"

"뭐……?"

나도 그제야 종이봉투 안을 들여다보고는 깨달았다.

종이봉투 안의 상자는 바닥에 떨어진 충격으로 뚜껑이 열려 있었다. 안에 들어 있던 것은 특대형 하트 모양 초콜릿이었고, 표면에 하얀색과 핑크색 데코레이션 펜으로 '유스케가 최고야♡'라고 적혀 있었다.

아이돌 응원 부채를 방불케 하는, 타니키타의 사랑의 크기가 생생하게 느껴지는, 착각하려야 착각할 수 없는 수제 초콜릿이었다.

"거짓말……?!"

루나도 그것을 목격하고는 놀란 표정을 지었다.

"친구가 이지치한테 초콜릿을 전해 달라고 해서, 카시마한테 대신 전달을 부탁한 것뿐이야."

담담하게 이어지는 쿠로세의 설명에 루나는 순식간에 안색을 잃어 갔다.

"어어…… 미, 미안, 마리아……."

그때였다.

찰싹!

쿠로세가 루나의 뺨을 때렸다.

"루나 바보! 조급증!"

쿠로세가 루나를 쏘아보며 그렇게 외쳤다. 일촉즉발의 상황에 가슴을 철렁거리던 그때.

쿠로세가 루나의 가슴에 뛰어들 듯이 매달렸다.

"……!"

루나는 눈을 크게 뜬 채 얼떨떨한 표정으로 동생의 몸을 받아냈다.

나는 크리스마스 날 루나가 했던 말을 떠올렸다.

──그저, 역시 완전히 예전처럼 돌아가긴 쉽지 않다는 걸 느꼈을 뿐이야. 벽이 있다고 할까……. 6년이나 거의 연락 없이 지냈으니까. 그 사이에 마리아가 어떤 기분을 느꼈고 어떤 사정이 있었는지 많이 모르잖아. 저쪽도 그럴 테고.

내내 두 사람을 가로막고 있던 보이지 않는 벽이 무너지는 소리가 들린 것 같은 기분이 들었다.

두 사람이 마침내 진정한 자매로 돌아간 것이다.

"있잖아, 마리아, 이걸 봐."

그때 루나가 스커트 주머니에서 불쑥 뭔가를 꺼내 보여 주었다.

그것은 달과 별 모양의 피어스였다.

"이거 말이지, 별이 아냐. 여기에 보면 줄이 그어져 있잖아. 몰랐어? 별이 아니라 불가사리야."

나는 당황하며 피어스를 살폈다. 내 위치에서는 보이지 않지만 쿠로세도 놀란 얼굴로 그것을 바라보고 있었다.

"이건 '달과 별'이 아니라 '달과 불가사리' 피어스야."

루나가 다정한 눈길로 쿠로세를 응시했다.

"달과 바다…… 이건 우리 둘한테서 모티브를 따 온 거야. 그래서 마리아랑 같이 나눠 갖고 싶었던 거야."

그 말을 들은 쿠로세의 눈에서 눈물이 넘쳐흘렀다.

웅크려 앉아 소리를 내며 오열하는 쿠로세의 머리를 마찬가지로 웅크려 앉은 루나가 살며시 어루만졌다.

그 모습은 태어났을 때부터 한시도 떨어져 있어 본 적 없는, 사이좋은 어린 쌍둥이 자매 같았다.

◇

다음날인 토요일에 학원 자습실에서 공부를 하고 있는데, 내 자리로 세키야 씨가 다가왔다.

"오전부터 와 계신 모습을 보는 건 오랜만이네요."

해가 바뀌고 나서 세키야 씨는 휴일에도 아침부터 시험을 치러 나갔다.

이제 슬슬 확정이 된 모양이라고 생각했는데, 세키야 씨가 우울한 표정으로 시선을 피했다.

"뭐 그렇지. 오늘은 2차 시험 때문에 비워둔 날이니까."

"……."

요컨대 오늘 2차 시험을 치를 예정이었던 대학을 1차에서 떨어졌다는 뜻이다.

이 상태를 봐선 순조롭다고 말하기는 좀 힘들 것 같았다.

그날 점심식사는 기분전환도 할 겸 세키야 씨와 밖에서 먹었다. 둘이서 자주 가는 프랜차이즈 패밀리 레스토랑 느낌의 라멘집이었다.

"……류토, 지망대는 아직도 안 정했어?"

면을 거의 다 먹은 라멘 그릇을 젓가락으로 휘젓던 세키야 씨가 심드렁한 기색으로 그렇게 물었다. 딱히 관심이 있어서라기보다는, 본인의 입시에서 도피하고 싶은 마음 때문인 듯했다.

"아, 네……. 제가 뭘 하고 싶은 건지 아직 잘 모르겠어서."

전에 세키야 씨의 말을 듣고 잠깐 고민해 보긴 했지만, 구체적으로 정해진 건 아무것도 없었다.

"문과? 이과? 그것만이라도 확실하면 결정이야 쉽잖아."

"문과일 것 같은데요…… 학부가 아직."

"그런 건 가고 싶은 대학의 문과 계열 학과에 닥치는 대로 지원하면 돼. 붙은 곳이 내 인연이다 생각하면서."

"네? 그, 그치만, 기왕 대학에 갈 거면 제대로 미래를 고려해서 결정하는 게……."

쿠로세가 했던 얘기를 떠올리며 말했지만 세키야 씨는 미간을 찌푸렸다.

"넌 너무 착실해. 부모님이 어느 대학 어느 학부든 다니는 건 걱정 말라고 했다며? 그러니까 너무 깊이 생각할 것 없이 결정해도 되지 않을까?"

"……세키야 씨는 어쩌다 의학부에 가려고 마음먹으신 건데요?"

그런 자기는 어떠냐고 비꼰 내게 세키야 씨가 살짝 눈을 내리깔며 대꾸했다.

"우리 집은 아버지가 의사셔."

"네……?!"

"집 근처에서 이비인후과를 하고 있어. 작은 병원이지만 그래도 자식이 이어주길 바라는 눈치더라고. 여동생은 의사 같은 데 전혀 관심이 없어서 어렸을 때부터 왠지 내가 물려받는 흐름으로 갔어."

놀랍다, 의사의 아들이었구나…….

입시학원비에 목돈이 드는 재수생인 것치고는 그다지 주머니 사정이 나빠 보이지 않던 세키야 씨의 모습도 비로소 조금 납득이 갔다.

"세키야 씨…… 굉장하시네요."

"뭐, 부모님 뽑기는 잘한 편이라고 생각해. 아버지가 날 어떻게 생각할지는…… 모르겠지만."

입시가 뜻대로 잘 굴러가고 있지 않은 탓인지 그렇게 말하는 세키야 씨의 표정이 어두웠다.

"난 말이지, 중학교 입시도 실패했어. 3지망까지 죄다 떨어졌거든. 아버지한테 어중간한 사립을 갈 바에는 공립이나 가라는 말을 듣고 지역 중학교에 입학했어."

그게 야마나를 만난 '키타중'인가.

"난 애초에 별로 머리가 좋은 편이 아냐. 초등학교 때도 우등생은 아니었고. 중학교 때는 동아리 활동을 열심히 해서 제법 괜찮은 고등학교에 들어가긴 했지만."

그 뒤에 벌어진 일의 전말은 나도 알고 있다.

"……더는 아버지를 실망시키기 싫어. 그래서 노력하고 있지만…… 정말 붙을 수 있으려나, 내가."

"세키야 씨……."

가라앉은 얼굴로 중얼거린 세키야 씨에게 아직 고교 입시밖에 경험해 본 적 없는 내가 무책임한 말을 할 수는 없어서.

"그래도, 부러워요. 그렇게 진지하게 공부에 몰두할 수 있을 만큼 되고 싶은 게 있어서요."

화제의 각도를 바꿔 보자 세키야 씨가 살짝 미소 지었다.

"뭐, 내 경우엔 '의사가 되고 싶어서' 그런 거라기보다는 가업이 그거니까 물려받고 싶은 것뿐이지만. 아버지가 사장이었다면 회사를 물려받으려고 했을걸."

"엥?"

"그치만, 그편이 편하잖아? 세상에 직업이 얼마나 많냐. 아직 한 번도 일을 해 본 적 없는 애송이가 사회에 진출하기도 전에 어떻게 그 안에서 자기 천직을 찾느냐는 말이야. 일단 뭐라도 돼 보고 그게 안 맞는다 싶으면 다른 길을 찾는 거지, 안 그래? 인생은 백세시대거든?"

세키야 씨가 하는 말은 일견 타당했지만 나는 여전히 '으음……' 하고 신음하며 고개를 숙이고 있었다.

"류토 네가 신중해지는 마음은 이해해. 넌 성실하잖아. 하지만 좀 더 대충 살아도 된다고 봐. 나처럼 아버지가 의사니까 의사가 된다든가, 그런 식으로 지망대를 결정해도 상관없다고. 그도 그럴 게 목표가 없으면 모티베이션이 솟구치지 않잖아? 어차피 대학에 가는 건 상수니까, 안 그래?"

고개를 끄덕이는 나를 보며 세키야 씨가 잠시 말을 끊었다.

"……실은 내가 말이지, 현역 고등학생 때 진로 문제로 꽤 삽질을 했어. 의사가 되는 게 꿈이긴 하지만 현실적으로 봤을 때 내 힘으로 붙을 수 있을지 불안해서. 물론 놀기도 많이 놀았고, 그것 때문에 입시 대책은 거의 손 놓고 있었으니까…… 만약 고등학교 때부터 준비를 했다면 설령 재수를 하게 되더라도 상황이 좀 더 편했겠지."

그렇게 말하며 맞은편에 앉은 나를 똑바로 쳐다본다.

"넌 그런 후회를 하지 않았으면 해서 얼른 정하라고 말한 거야. 그러니까 조금 힘에 부칠 것 같다 싶은 곳으로 정해 봐. 아직 1년이나 더 남았고, 그편이 실력 이상으로 성장하는 데 도움이 되니까. 나도 의학부를 목표로 잡지 않았으면 절대 이렇게 공부하지 않았을걸."

어쩌면 매일같이 시험을 치고 있는 지금이라서 더더욱 세키야 씨도 그 후회를 곱씹고 있는 것일지도 모른다는 생각이 들었다.

"하, 하지만 전, 대학에 대해 아직 잘 몰라서……."

지망대는 여러 대학의 캠퍼스를 견학하거나 자료를 모아 비교 검토하면서 미래의 비전도 시야에 넣어 결정하는 것이라 생각했다. 물론 거기에 모의시험 성적도 반영하고. 그래서 지금 당장 1지망대를 결정하라고 닦달하는 듯한 세키야 씨의 기세에 잔뜩 주눅이 들었다.

"지망 이유 같은 건 인스피레이션이야. 연애랑 같지. 누구한테 반할지 이것저것 다 따져보고 결정하지는 않잖아? 대학도 그래. 이름이 멋지다든가, 좋아하는 아이돌이 다닌다든가, 그런 적당한 이유로 동경해도 된다고. 목표가 정해지면 노력은 자연히 뒤따르게 돼 있으니까."

──KEN이 말이야, 호오대를 졸업했대.

"……."

가슴이 두근거렸다.

그런…… 그런 걸로 정해도 되는 걸까?

그래도 내가 만약 호오대에 들어간다면.

취직할 때 대학 이름으로 불리해질 일은 일단 없을 것이다. 그리고 그 이후의 인생도…….

미래를 향한 무한한 가능성이 눈앞에 우르르 펼쳐지는 환각을 본 것만 같았다.

"……."

갈 수 있을까? 우리 고등학교에서도 매년 다섯 명 정도는 A랭크 이상의 대학에 진학한다.

그 다섯 사람 안에 내가 들어갈 수 있을까?

"요즘 같은 시절에 학력 같은 건 큰 어드밴티지가 되지 않는다고들 하지만 말이야. 우주비행사도 학력을 묻지 않고 채용하는 시대니까. 그래도 대학 간판은 노력을 인증하는 증명서거든. 교과서를 딱 한 번 읽고도 내용을 다 암기해 버리는 천재라도 교과서를 한 번도 읽지 않으면 아무 대학에도 들어갈 수 없어."

세키야 씨의 말에는 열의가 담겨 있었다. 그 지론으로 항상 자신을 고무시켜 온 것일지도 모른다고 생각했다.

"미래의 나에게 지금의 내가 노력으로 딸 수 있는 괜찮은 증명서를 쥐여 주고 싶다고 생각하지 않아? 넌 노력할 줄 아는 사람이라고 생각해서 하는 말이야."

"세키야 씨는 열정적이시네요."

저도 모르게 농담처럼 얼버무린 건 세키야 씨와 이런 진지한 톤으로 대화하는 게 낯간지러웠기 때문이다.

"1년이나 말이지, 하루 13시간씩 공부하다 보면 온갖 생각을 하게 되거든."

그런 나에게 맞춰서 장난스러운 어조로 받아친 세키야 씨가 다시 차분한 얼굴로 돌아왔다.

"진지한 얘기, 널 보고 있으면 중학교 때 내가 생각나."

"……불경을 듣고 다니던 시절요?"

"우와, 엄청 물고 늘어지네, 그거."

세키야 씨가 살짝 웃으며 테이블 위로 시선을 떨궜다.

"성실하고 서툴렀지……. 한 번 세상을 살아보니까 그때의 날 떠올리면 식은땀이 나더라고. ……그래서, 내버려두질 못하는 것 같아."

조금 멋쩍어하며 웃는 세키야 씨를 보자 어째서인지 나도 얼굴이 화끈거렸다.

"감사합니다. ……참고할게요."

나는 그렇게만 말하며 가볍게 고개를 숙였다.

점심시간의 라멘집은 끊임없이 들이닥치는 손님들로 카운터 자리고 테이블 자리고 할 것 없이 꽉 차 있었다. 아무리 패밀리 레스토랑 분위기라도 오래 눌러앉는 건 민폐였기에 진작 식사를 마친 우리들은 물을 마시며 빠르게 자리에서 일어날 준비를 했다.

그때였다.

"어라? 그건……."

의자에 놓인 세키야 씨의 가방 안에 누가 봐도 선물 같은 꾸러미가 아른거리고 있었다. 그 두께와 짙은 갈색 포장지로 미루어 보건대…… 내용물은 아마 초콜릿이리라. 시판 제품인지 수제인지는 포장만으로는 알 수 없었다.

"밸런타인 선물이에요?"

역시 인기남…… 학원에서도 초콜릿을 다 받는구나 싶어 경악하는데, 세키야 씨가 초콜릿을 힐끔거리더니 천연덕스레 대꾸했다.

"아, 오늘 아침에 야마나한테 받았어."

"네?! 만난 거예요?"

"역에서 기다렸던 것 같아. 내가 걷고 있는데 반대편에서 걸어오더니 엇갈리는 순간에 말없이 건네줬어. 무슨 밀매꾼도 아니고 말이야."

세키야 씨는 다시 생각해도 우습다는 듯이 그렇게 말하며 피식거렸다.

야마나…… 그렇게 하면서까지 세키야 씨에게 초콜릿을 주고 싶었구나.

"……연락하실 거예요?"

"어. 고맙다는 인사 정도는 해야지."

미소를 지으며 대답하는 세키야 씨를 보자 나도 자연스레 웃음이 새어나왔다.

"얼른 야마나한테 좋은 보고를 할 수 있으면 좋겠네요."

그 말에 담긴 진심이 전달되었는지 세키야 씨가 기쁜 듯이 수줍은 표정을 지었다.

"그러게. ……정말 그랬으면 좋겠다."

그 미소를 보고 말았더니.

닛시에게는 미안하지만 역시 나는 세키야 씨와 야마나의 행복을 응원하고 싶어졌다.

그날 학원을 마치고 돌아가는 길, 저녁 10시가 되기 전에 K역에 도착한 나는 역 앞에서 쿠로세와 우연히 마주쳤다.

"앗……."

놀라는 내게 쿠로세가 미소를 지어 보였다.

"자습실에서 돌아오는 길이야?"

"아. 응……."

"그렇구나, 나돈데. 미처 몰랐네."

쿠로세는 그렇게 말하고는 아름다운 흑발을 나부끼며 발길을 돌렸다.

"그럼 안녕."

"응…… 조심해."

얼마 전 치한을 만났던 것을 떠올리며 말을 거는 내게 쿠로세가 살짝 돌아보더니 미소를 지었다.

"괜찮아. 오늘은 자전거를 타고 왔으니까."

"아…… 그래도, 조심해서 들어가."

자전거를 타고 간다고 해서 치한과 마주치지 않으리란 보장은 없으니까.

그러자 그녀는 걸음을 멈추더니 몸을 돌렸다.

"괜찮아! 이것도 갖고 있으니까."

그렇게 말하며 가방 안에서 꺼낸 건 방범 버저와 작은 스프레이였다. 아마 방범용 최면 스프레이겠지.

"그 일이 있은 뒤에 엄마가 사 줬어. 그러니까 걱정하지 마."

"⋯⋯그랬구나."

그녀의 웃는 얼굴을 보며 나도 미소를 지은 뒤 걸음을 뗐다.

"그럼 잘 가."

"응, 잘 가."

자전거 주차장으로 향하는 쿠로세의 뒷모습을 시야 끄트머리로 배웅하며 나는 속으로 기도했다.

부디 그녀의 앞으로의 인생이 행복만으로 가득 채워지기를.

◇

다음날, 일요일이자 밸런타인데이 당일에 나는 루나와 하라주쿠에 있었다.

"그런데 그때 이지치, 엄청 재밌었어~! 여자애가 준 초콜릿이란 걸 전혀 믿지 못하던걸."

"'깜짝 카메라지? 캇시가 사온 거야?'라는데, 난 그런 짓을 할 만큼 한가하지 않다고."

루나와 얘기 중인 건 금요일에 내게서 타니키타의 수제 초콜릿을 건네받은 잇치의 반응이었다.

"후훗. ⋯⋯그거, 아카리가 부탁한 거지?"

"그, 글쎄⋯⋯ 난 잘."

"아카리밖에 없다구, 그런 초콜릿을 만들 사람은."

루나는 아하하 하고 소리 내 웃으며 자기 앞에 놓인 초콜릿 음료를 마셨다.

우리들은 루나가 좋아한다는 초콜릿 가게의 카페에 들어와 있었다. 필기체로 'Lindt'라고 적혀 있는 가게의 이름은 읽을 수조차 없었지만, 우드 톤의 실내는 차분한 분위기가 감도는 것이 아무튼 세련됐다.

2층 실내에는 거리와 맞닿은 창에서 정오를 조금 넘긴 시각의 밝은 햇살이 비쳐들고 있었다. 우리들은 오모테산도의 패스트 푸드점에서 런치를 먹은 뒤 초콜릿을 목표로 이 가게를 찾아왔다.

"지금도 깜짝 이벤트인 줄 알고 있으려나~?"

"아니, 그래도 나중에 가서는 좀 좋아하는 것 같았어. 순순히 믿고 싶지만 혹시나 속임수가 맞았을 때 상처 받지 않으려고 예방선을 쳐둔 게 아닐까."

"그렇구나~. 설마 여자애한테 초콜릿을 받는 게 처음이었던 걸까?"

"당연히 처음이지. 나도 처음이고."

나는 거기까지 말하다 앞으로 받을 거란 걸 전제로 발언해 버린 것이 민망해져서 목을 움츠렸다.

루나가 그런 나를 보더니 씩 웃었다.

"제대로 줄 거야~! 안심해."

그 손에는 작은 종이봉투가 들려 있었다. 오늘 역에서 만났을 때부터 신경이 쓰여 견딜 수가 없었지만 애써 모르는 척해 온 그녀의 짐이었다.

"자, 해피 밸런타인!"

그것을 나에게 주며 루나가 미소 지었다.

"고, 고마워……!"

여자애한테 태어나서 처음으로 받아 본 진심 초콜릿.

그것도 좋아하는 여자친구한테서…….

이런 날이 오다니…… 가슴이 뜨거워지며 감동에 젖었다.

"뜯어 봐도 돼?"

"응. 얼마든지."

종이봉투에는 붉은색 리본으로 묶인 초콜릿 색 상자가 담겨 있었다. 감격에 떨릴 뻔한 손으로 리본을 풀고 뚜껑을 열었다.

안에서 나타난 것은 자그마한 초콜릿 케이크였다. 위에 슈가 파우더로 하트가 그려져 있는 것이 사랑스럽고, 낯간지럽고, 당황스러울 만큼 좋았다.

"맛있겠다. ……고마워."

"가토쇼콜라! 어제 마리아네 집에서 배웠어. 마리아가 학원에 가기 전까지."

"그랬구나."

"시험 삼아 만든 걸 같이 먹어 봤는데 엄청 맛있었어. 그러니까 안심하고 먹어~!"

"응, 아껴서 먹을게."

원래대로 묶지 못한 리본을 상자 위에 얹고 종이봉투에 도로 집어넣은 뒤 나는 하늘을 날 것 같은 기분으로 내 앞에 놓인 음료수를 마셨다.

루나가 추천해서 주문한 차가운 초콜릿 음료는 컵 안쪽에 녹은 초콜릿 같은 모양이 그려져 있어서 예뻤다. 맛도 초콜릿 향이 진하고 좋았다.

"……그랬구나. 류토, 초콜릿을 받아 보는 게 처음이었구나."

루나가 불현듯 자신의 음료수를 바라보며 곱씹듯이 중얼거렸다.

"나도 처음이야. 남자친구한테 직접 만든 초콜릿을 주는 건."

"그랬어?"

그건 기쁘다고 생각하는데 루나가 마시던 빨대에서 입술을 뗐다.

"기대하는 것 같다는 느낌이 들 때는 있었는데, 귀찮기도 하고 혹시 실패할까 봐 싫었거든."

"그런데 이번엔 만들어 준 거야?"

좋아서 실실 웃는 내게 루나가 부드럽게 미소 지었다.

"만들어 주고 싶어졌어, 류토한테는. 류토는 내가 만든 걸 늘 기쁘게 받아 줬잖아."

"응. ……고마워, 루나."

다시금 감사를 표하자 루나가 뺨을 훅 붉혔다.

"천만에……."

행복한 시간이었다.

행복에 냄새가 있다면 그건 틀림없이 초콜릿의 향기이리라.

그런 생각이 들 만큼 지금 이 순간 우리 둘 사이를 흐르는 공기에는 달콤한 안온함이 흘러넘치고 있었다.

그런 분위기 속에서 루나가 별안간 초조한 표정을 지었다.

"있잖아, 조금 궁금한 게 있는데."

"응, 뭔데?"

짐작이 가는 구석이나 물어보면 곤란한 일을 한 기억도 전혀 떠오르지 않았기에 왜 그러나 싶어 루나의 눈을 마주 보았다.

그러자 그런 내게서 눈을 피하며 루나가 살짝 민망한 듯이 입을 오므렸다.

"……류토도, 성인물 같은 걸 봐?"

"성인물?"

"응."

"음, 뭐지, 전쟁영화 같은 거?"

"어~ 아니, 그런 거 말고…… 야한 쪽?"

"야, 야한 쪽? 그건, 그러니까…… 설마, 어, 어덜트 영상을 말하는 거야?"

내가 당황하며 묻자 루나가 고개를 끄덕였다.

"가, 갑자기 그건 왜?"

"얼른~ 대답해 줘. 봐? 안 봐?"

"어……?!"

조바심이 난 루나가 거듭 질문을 해 와서, 아무 대답이라도 하지 않으면 안 될 것처럼 분위기가 흘러갔다.

"……보, 보는데."

그러자 루나의 눈동자가 반짝거렸다.

"어떤 걸 보는데?"

"어?!"

서, 설마, 장르를 묻는 건가?

애초에 이 질문에는 대체 어떤 의도가? 장래를 위해서 내가 변태가 아니라 평범한 취향을 가진 남자라는 걸 확인하고 안심하고 싶은 건가?

이러나저러나 지장이 없을 대답을 하는 수밖에 없었다.

"여, 여고생물이라든가……?"

남고생이 여고생물을 보는 건, 보통이겠지? 응, 보통일 거야.

머릿속으로 그렇게 몇 번이나 자문자답한 뒤 대답했다.

"흐응?"

루나가 눈을 깜빡였다.

"여고생, 좋아해?"

"어……."

나는 당혹스러움을 느끼며 입을 열었다.

"아니 그치만, 루나도 여고생이잖아……?"

"엥."

이번엔 루나가 당황한 표정을 지어서 나는 허둥거렸다.

"앗, 따, 딱히 루나를 겹쳐서 보고 있다는 건 아닌데……!"

"아니라고?"

그렇게 말한 루나의 얼굴이 시무룩해진 것처럼 보여서 나는 더 어찌할 바를 몰랐다.

"어?! 어어?! 아니, 그게…… 그러니까…….."

루나는 여전히 풀이 죽어 있었다.

"……겹쳐서, 볼 때도 있고."

"진짜?"

내 대답에 루나의 얼굴이 다시 확 밝아졌다.

"……."

이, 이건 대체 무슨 뜻이지?!

"있잖아, 그럼, 날 가지고 야한 망상도 해?"

"어?!"

"응, 응?! 어때?!"

"……하, 하는데…….."

엄청 하는데요. 그야…… 차마 말로 할 수 없을 만큼.

"그랬어?! 류토는 평소엔 전혀 그런 느낌이 없잖아!"

"에엥……?!"

아니, '늘 야한 망상을 하고 있습니다'라는 얼굴로 걸어 다니는 남자가 있으면 그게 오히려 더 큰일일 것 같은데.

"있잖아, 어떤 망상을 하는데? 망상 속의 나는 어떤 느낌이야?"

"엥, 잠깐, 에엑…….."

"왜~! 괜찮아! 얼른 말해 봐~!"

"아니, 아무리 그래도 그건 좀…….."

"괜찮대도 그러네! 어서~!"

그때 '커흠' 하고 헛기침을 하는 소리가 들려와 우리들은 말을 멈쳤다. 옆자리에 혼자 앉아 있던 누나가 짜증이 섞인 얼굴로 책에 시선을 떨구고 있었다.

조금 과하게 시끄러웠던 모양이다. 심지어 화제도 상스러웠지……. 가게 분위기와는 영 어울리지 않았다.

반성한 우리들은 먹다 남은 음료를 들고 밖으로 나왔다.

거리로 나오자 오모테산도의 가로수 길은 많은 사람들로 북적이고 있었다.

세련된 가게의 쇼윈도를 구경하며 루나는 콧노래라도 부를 듯한 얼굴로 거리를 걸었다.

오늘 루나는 손등까지 덮는 낙낙한 소매의 스웨터에 비교적 짧은 흰색 다운코트를 걸치고 아래에는 타이트한 미니스커트에 롱부츠를 신고 있었다. 일단 손등을 가린 소매가 사랑스러워서, 이제 이 스타일을 볼 수 있는 날도 얼마 남지 않았다고 생각하자 지나가는 계절이 야속하게 느껴졌다.

"요즘 말이지, 해방감이라고 하나? 그런 걸 엄청 느끼고 있어."

청명하게 시린 공기 속에서 홀가분한 어조로 루나가 말했다.

"아빠가 재혼할 거라는 사실을 알게 되고, '두 로테 작전'이 실패하면서…… 엄청 충격을 받았지만, 한편으로는 왠지 마음이 가벼워지더라고. 더는 그때로 돌아갈 수 없다는 걸 깨닫고 나니까 오히려 속이 시원해졌어."

인파에 섞여 대로를 걷는 우리들의 뺨을 차갑고 메마른 바람이 살며시 쓸고 지나갔다.

"그래도 가족이 사라진 건 아니잖아. 내가 아빠, 엄마, 언니, 그리고 마리아와…… 각각의 관계를 소중히 하면서 돈독히 유지해 나간다면…… 가족이라는 끈은 틀림없이 계속 이어질 테니까. 그때처럼."

그렇게 얘기하는 루나의 눈에는 생생한 빛이 감돌고 있었다.

"난 자유로워졌어. 겨우. '그때로 돌아가고 싶다'는 감정에서."

루나는 그렇게 말하며 음료를 들고 있지 않은 쪽 손을 허공으로 치켜들었다. 약지에 매달린 보석이 부드러운 햇빛을 반사하며 피어스와 함께 하얗게 반짝거렸다.

루나의 가느다란 손가락과 키 큰 느티나무 가지 너머로 파랗고 온화한 하늘이 펼쳐져 있었다.

"과거로는 돌아갈 수 없어. 절대. 그 사실을 이제야 겨우 받아들이게 된 것 같아."

하늘을 바라보는 루나의 옆얼굴에는 강한 의지가 넘쳐흐르고 있었다.

그녀가 올려다보는 하늘을 한 마리 새가 가로지르듯이 날아갔다.

"더는, 닿지 않는 하늘 위를 보지 않겠어. 앞만 볼 거야. 난 새가 아니니까. 갈 수 없는 곳을 동경해 봤자 나답게 살지 못하게 될 뿐인걸."

루나는 그렇게 말하더니 내 쪽을 보며 웃었다.

루나다운, 초여름의 태양 같은 미소였다.

"그래서~, 앞으로는, 미래를 향해 착실하게 나아갈 거야!"

루나가 밝게 말하며 걸음을 빨리했다.

메마른 겨울 가로수에 녹색 빛은 보이지 않는다. 그래도 우리들은 그 가지에 수많은 싹이 살아 숨 쉬고 있음을 알고 있다.

루나 안에서 분명히 지금 무언가가 크게 바뀌려 하고 있는 것이다.

"마리아는 만화 편집자가 되고 싶대. 나도 나만의 꿈을 찾으려고. 다른 애들보다 출발이 조금 늦긴 했지만…… 찾을 수 있겠지?"

"찾을 수 있어. 루나라면 틀림없이."

불안해하는 그녀에게 나는 힘껏 고개를 끄덕였다.

"……루나, 나도 하고 싶은 말이 있는데."

사실은 아직 밝힐 생각이 없었지만, 이런 그녀를 보고 있자니 나도 말해야겠다는 생각이 들었다.

"나…… 호오대를 목표로 해 보려고 해."

내 고백에 루나가 눈을 휘둥그레 떴다.

"엥, 호오라면, 거기?! 엄청 똑똑한 사람들만 가는 데잖아!"

"으, 응……."

"헐, 대박! 완전 대단한 거 아냐?!"

"아, 아냐, 목표로 하는 것만이라면 누구나 할 수 있으니까…… 붙을 수 있도록 앞으로 열심히 노력해야지."

예상보다 열렬한 반응에 진땀을 흘리는 내게, 루나가 한 손을 주먹 쥐더니 크게 휘둘러 보였다.

"붙을 거야, 류토라면! 류토는 엄청 똑똑하니까."

"……고마워, 루나."

루나가 그렇게 말해 주자 어쩐지 정말로 합격할 수 있을 것 같다는 생각이 들었다.

"같이 힘내자! 류토의 입시, 내가 열심히 응원할게!"

기세 좋게 말한 그녀는 그 말을 끝으로 뭔가를 퍼뜩 깨달은 듯한 얼굴을 하더니, 부드러운 미소를 지었다.

"……응. 류토가 하는 일이라면, 나, 진심으로 응원할 수 있으니까."

그리고는 차근히 음미하듯이 그렇게 말했다.

"고마워, 루나."

마음이 단단해진 듯한 기분을 느끼며 나도 루나에게 미소를 돌려주었다.

"나도 루나를 응원할게."

우리들은 서로 응원을 주고받으며 얼굴을 맞대고 웃었다.

"우린 서로의 응원단이구나."

"그러게."

언제 어느 곳에 있더라도 항상 네 편이 되고 싶어.

이런 생각을 공유할 수 있는 사람과 만난 건 내 인생의 재산이다.

어떤 미래를 선택하든 나는 너를 응원할 것이다.

그리고 이렇게 둘이서 함께 웃을 것이다.

언제까지나.

◇

그 뒤 루나의 윈도우쇼핑에 어울리며 우리들은 시부야 쪽까지 걸어갔다.

아직 낮이 짧은 계절이 이어지고 있었다. 길을 걷는 사이 어느덧 해가 저물고 주위에 밤기운이 감돌기 시작했다.

"우와, 예쁘다!"

어느 복합시설 앞을 지나가는데, 루나가 일루미네이션을 보며 탄성을 질렀다.

"일루미네이션이 아직 남아 있었구나! 잠깐 구경하고 가자!"

"좋아."

그리하여 우리들은 시설 부지 안으로 들어갔다.

일루미네이션은 통로 안쪽까지 이어져 있었다. 길을 걸으며 지하까지 천장이 뻥 뚫린 공간을 내려다보자 그곳에는 일루미네이션이 한층 선명하게 반짝이고 있었다. 전구로 눈부시게 단장한 나무들이 그곳에 있는 레스토랑의 오픈 테라스석을 둘러싸고 있다. 길거리에서 요즘 유행하는 하얀색 LED에 익숙해져서 그런지, 오렌지색으로 통일된 불빛이 고급스럽고 감성적으로 느껴졌다.

"와, 예쁘다! 저 자리에 앉으면 특등석이겠네~!"

루나가 아래를 내려다보며 탄성을 질렀다.

레스토랑은 격식이 높아 보이는 프렌치 레스토랑 같은 외관을 갖고 있었다. 오픈 테라스에 앉아 있는 손님들도 하나같이 점잖은 성인들뿐이다.

"부럽다~, 언젠가는 저런 가게에서 데이트해 보고 싶어~."

"그러게. 어른이 되면."

어른이 되면…….

자신이 아직 성인이 아니라는 사실을 차고 넘치도록 깨달았던 쑵
쓸한 겨울.

언젠가 저런 가게에서 루나와 거리낌 없이 식사할 수 있을 만큼
어엿한 한 사람의 성인이 되었을 때.

지금의 우리 두 사람은 우리들의 가슴 속에서 어떤 빛깔의 추억이
되어 있을까?

가능하다면 이 일루미네이션처럼 따스한 색깔의 빛을 내고 있었
으면 좋겠다.

그러기 위해서라도 후회는 하고 싶지 않았다.

——붙을 거야, 류토라면! 류토는 엄청 똑똑하니까.

루나의 말을 속으로 되새기자 몸 속 깊은 곳에서 힘이 솟아나는
것 같은 기분이 들었다.

"……왜일까? 시부야는 늘 오던 곳이고, 일루미네이션도 매년 구
경하는데도."

루나가 불빛을 보며 혼잣말하더니 내 어깨에 머리를 얹었다.

"오늘 본 게 제일 예쁜 것 같아."

감격에 찬 눈빛으로 그렇게 말하며 루나가 고개를 들어 나를 보았
다.

"류토가 옆에 있어서 그런가?"

이 발그레한 뺨은 얼어붙을 듯한 추위 때문일까?

나를 올려다보며 환하게 웃는 얼굴이 평소보다 훨씬 예뻐 보였다.

루나의 하얀 숨결과 포개진 손바닥에 녹아난 체온이 너무나도 사랑스러워서.

추운 계절엔 솔직히 좀 쥐약인 편이지만.

조금만 더, 이 겨울이 계속됐으면 좋겠다고 생각했다.

움트는 봄이 바로 코앞까지 다가와 있었다.

제 5 . 5 장 쿠로세 마리아의 비밀일기

어제 루나가 과자를 만들러 우리 집에 왔다.

아마 카시마에게 줄 밸런타인 선물을 예행연습해 볼 생각이겠지.

아무 생각도 들지 않았던 건 아니지만, 그보다는 루나와 함께 과자를 만들고 먹는 시간이 즐거웠다.

루나와 겨우 예전으로 돌아갈 수 있었다.

나는 아무것도 하지 못했다.

루나가 우리 사이에 새로운 길을 열어 주었다.

그리고 루나의 등을 밀어 준 건…… 아마도 카시마겠지.

나는 알 수 있었다. 틀림없이 그럴 터였다.

나는 분명 루나를 평생 부러워할 것이다. 나에게 없는 것을 갖고 있으니까.

돌이켜보면 철이 들 무렵부터 나는 줄곧 루나를 동경하고 있었다.

동경하면서 옆에 있었다.

루나를 좋아했으니까.

그것이 우리들의 자연스러운 모습이었던 셈이다.

그 무렵의 자신을 다시금 만난 것 같은 기분이 들었다.

게다가 루나도 나를 부러워한 적이 있다는 걸 알았으니까.

내 인생도 아직은 쓸 만하다.
어째서 나에게는 아무것도 없다고 생각했을까.
나에게는 꿈이 있다.
T여학원의 친구들이 있다.
집에는 엄마와 할아버지, 할머니가 있다.
그리고 루나와 다시 자매가 될 수 있었다.
아카리를 비롯해 새 친구들도 사귀었다.
내 인생은 빈곤하지 않고, 고독하지도 않다.
이토록 풍요롭게 반짝이고 있다.
　그 사실을 깨달은 건 틀림없이 내가 루나라는 날개를 되찾았기 때문이리라.
　루나의 날개를 빌려 높은 곳에서 내려다본 자신은 생각했던 것만큼 그렇게 불행한 존재가 아니었다.

　고마워, 카시마.
　내가, 이제야 비로소, 행복의 감촉을 기억해 냈어.

에 필 로 그

그 뒤 우리들은 루나가 바라는 대로 하라주쿠로 돌아가 루나가 자주 가는 스티커 사진 가게로 향했다.

지하에 있는 가게는 형광등과 스티커 사진기에서 새어 나온 불빛으로 낮보다 환했다. 스티커 사진기의 비닐 커버에는 트렌드가 물씬 느껴지는 여성들의 사진이 프린트되어 있었고, 그것이 안쪽으로 기다란 건물 한 층에 열을 맞춰 늘어서 있는 모습은 가히 압권이라 할 수 있었다.

손님은 10대부터 대학생 정도 되는 젊은 사람들이 중심이었고, 기종에 따라서는 차례를 기다리는 긴 줄이 서 있는 광경도 볼 수 있었다. 군데군데 커플도 있긴 했지만 대다수는 압도적으로 여성이었다.

"⋯⋯."

이런 곳에 오는 건 처음이다. 루나와 사귀지 않았다면 죽을 때까지 와 볼 일이 없었을 장소였을지도 모른다.

"뭐로 하지~? 남자친구랑 같이 찍는 거니까, 효과가 많이 들어간 것보단 자연스러운 게 낫겠지~?"

루나는 가게 안을 둘러보며 스티커 사진기를 살폈다. 나는 차이를 전혀 구분할 수 없었지만, 루나는 뭔가를 알아냈는지 "응, 이걸로 하자~!" 하고 한 대의 기계에 줄을 섰다.

금세 차례가 돌아왔고, 먼저 바깥쪽에 있는 화면으로 인원수와 배경을 선택했다. 수없이 많은 색과 디자인은 내 눈에는 전부 비슷해 보여서 뭐가 뭔지 알 수 없었지만, 루나는 터치펜으로 척척 조작과 선택을 해 나갔다.

"응, 좋았어! 가자, 류토!"

"으, 응……."

루나에게 팔을 붙들려 비닐 커버 안쪽의 촬영 부스로 들어갔다.

커버 안쪽은 새하얗다. 내가 멍하니 서 있자 금세 촬영이 시작되었다.

"류토도 포즈를 취해~!"

"어?!"

"일단 샘플을 보고 흉내 내면 되니까!"

"네?!"

자세히 보자 정면에 보이는 화면에 샘플 포즈라는 것이 표시돼 있었다.

"좀 더 가까이 붙어 봐!"

"어?!"

"잠깐, 너무 가까워~ 잘리겠어!"

"어어?!"

"빨리 빨리!"

당황하는 사이 기계가 '3, 2, 1……' 하고 숫자를 세기 시작했고, 플

래시가 커졌다.

연이어 다음 포즈가 나왔다.

"얼른, 류토도 손 내밀어."

루나의 말에 화면을 보자 샘플 포즈에서는 두 사람이 한쪽 손을 정중앙에서 맞대며 하트를 만들고 있었다.

차, 창피해⋯⋯!

"류토오, 빨리~."

촬영 부스는 좁았다. 부스 안이 루나의 향기로 가득 찼다. 내 바로 코앞에 있는 그녀가 새치름히 시선을 올린 채 한쪽 손을 내밀고 있었다.

"⋯⋯이, 이렇게⋯⋯?"

주뼛거리며 내민 손가락 끝에 그녀의 손가락 끝이 마주쳤다.

가슴이 떨려서 이상한 표정을 짓고 있을 것 같다.

그런 과정을 여러 번 반복한 뒤 촬영이 종료되었을 때 나는 여러 의미로 완전히 진이 빠져 있었다.

"굉장하다⋯⋯."

세상 여자애들은 다들 이런 일을 하고 있는 건가?

모델도 아닌데 용케 부끄럼 없이 이런 포즈들을 연달아 취할 수 있구나⋯⋯.

감탄 반 놀람 반으로 얼이 빠져 있는 내 옆에서 루나가 신들린 기세로 낙서 코너로 넘어간 화면에 터치펜을 휘갈기고 있었다.

"헉~ 이 곰돌이 귀여워! 류토한테 붙여 줘야지~! 나는 고양이려나

~! 앗, 느낌 완전 좋다!"

혼잣말하듯이 빠른 속도로 재잘거리며 스탬프 기능을 구사해 모든 사진에 낙서를 해 나간다. 그 군더더기 없는 터치펜 활용솜씨가 꼭 신입 해커 같아서, 구경하고 있자니 점점 멋있게 보이기 시작했다.

"……."

갸루다…… 누구나 인정할 진정한 갸루……. 그동안 대체 몇 십 장의 스티커 사진을 찍어 왔으면 이렇게 달인처럼 능수능란하게 움직일 수 있는 걸까.

내가 루나의 인싸력에 새삼 전율하는 사이.

"다 됐다!"

루나가 완료 버튼을 눌렀고 내 인생 첫 스티커 사진이 완성되었다.

"와, 엄청 잘 나왔어! 보정 잘 됐다~!"

인쇄되어 나온 씰을 보며 루나가 들뜬 목소리로 말했다.

"류토도 귀여워~!"

살펴보니 스티커 사진 속 나는 거울로 보던 얼굴보다 윤곽이 뾰족했고 입술에 살짝 붉은 기가 돌고 눈이 커져 있었다. 분위기가 전체적으로 여자애 같아져서 민망했다.

그런 나와 달리 루나는 몹시 사랑스러웠다. 표정도 각각의 포즈와 잘 맞아떨어지는 것이 CG로 제작된 완벽한 미소녀 같았다.

스티커 사진기로 가공된 여자의 얼굴은 부자연스러워서 별로 좋아하지 않는데도, 정말로 귀여운 애가 찍으니 비현실적으로 귀여워진 것 같다고 생각했다. 그래도 나는 실제 루나가 더 좋지만.

"……좋네…….."

그 말을 끝으로 뭐라고 코멘트를 해야 할지 몰라 입을 다물고 만 나를 루나가 문득 걱정스레 쳐다보았다.

"……어때? 류토? 역시 스티커는 안 내켜? 앗, 라임을 맞춰 버렸네, 니콜한테 심사받아야겠다."

루나가 살짝 웃더니 다시 진지한 얼굴로 돌아갔다.

"전에 말했지? 난 갸루니까, 갸루가 할 만한 건 다 해 보고 싶다고. 하지만 류토는 그런 거에 관심이 없을 테니까, 너무 끌고 다니는 것도 좀 그런가 싶어서."

고민에 잠긴 얼굴을 한 루나가 한 차례 입술을 꾹 다물었다.

"그래도, 이게 나니까……. 사실은 스티커 사진도 좀 더 일찍 찍고 싶었지만…… 류토는 이런 분위기를 좋아하지 않을 것 같아서 참았어. ……역시 별로야?"

예전에…… 문화제 전에 루나가 했던 말이 떠올랐다.

──류토도 얼마 안 가서 질릴지도 몰라. 난 갸루니까 갸루가 할 만한 건 대충 다 하고 싶은데.

"……."

갸루가 할 만한 일이라는 게 이걸 말하는 거였구나.

아주 살짝 마음에 걸려 있던 것이 쑥 내려가는 듯했다.

"……아냐, 괜찮아. 처음이라 이래저래 놀라긴 했지만, 스티커 사진, 좀 재밌었어."

내가 그렇게 말하자 루나가 눈을 크게 떴다.

"엇, 정말?"

"응."

"그럼, 앞으로는 데이트하면서 괜찮은 스티커 사진기를 발견하면, 커플 사진을 찍어 줄래?"

"응…… 나라도 괜찮으면."

"당연히 괜찮지!"

자신 없어하는 내게 루나가 활짝 미소를 지어 보였다.

"나랑 커플 사진을 찍을 사람은 류토밖에 없어. 앞으로도 계속."

루나가 설핏 뺨을 붉히며 수줍게 나를 바라본다.

"그러니까, 류토랑 찍고 싶어."

"루나……."

가슴이 달아오르며 저 가녀린 몸을 꽉 끌어안고 싶은 충동이 엄습했다.

"응…… 잔뜩 찍자."

나는 나도 모르게 그렇게 말하고 있었다.

루나의 얼굴이 환해졌다.

"정말?! 그럼, 지금 바로 한 장 더 찍을까?!"

"어?! 으, 응……."

먼저 찍자고 말한 직후라 거절한다는 선택지는 존재하지 않았다.

"다음엔 뭘로 할까…… 앗, 그렇지!"

기계를 고르려고 가게 안을 걷던 루나가 가게 중앙에 멈춰 섰다.

"있지, 류토는 코스프레 같은 거 좋아해?"

"어?"

그 말에 주위를 둘러보자 근처 벽에 '코스프레 물품 무료 대여'라는 포스터가 붙어 있었다. 스티커 사진을 찍는 사람에게 빌려 주는 것인 듯했다.

"벼, 별로…… 딱히 그런 취미는 없는데……."

안 그래도 아까 받은 심문 때문에 변태라고 생각하고 있을지도 모르는데 여기서 더 결점을 보일 수는 없었기에 신중하게 대답했다.

"엥~? 그치만 마리아의 코스프레에는 눈이 돌아갔잖아?"

내 반응이 마음에 들지 않았는지 루나가 입을 삐죽거렸다.

그녀가 말한 건 팸플릿 담당 모임에서 쿠로세가 본인의 코스프레 사진을 보여 줬을 때 얘기인 듯했다.

"눈이 돌…… 아니, 그건 내가 아는 캐릭터였으니까 그런 거고."

"흐음? 그럼 그런 걸로 해 두고?"

불만스러운 기색으로 그렇게 말하더니 루나는 '아' 하고 뭔가를 기억해낸 얼굴을 했다.

"마리아 하니까 생각난 건데, 어제 마리아가 KEN의 영상을 보여 줬어! 이지치가 나온 거."

"헉, 진짜?"

"꽹장하던걸. 그런 성 같은 걸 게임으로도 만들 수 있다니. 이지치는 재능이 있어."

루나가 진심으로 감탄한 듯이 말하자 잇치의 건축 재능이 굉장하다는 걸 충분히 알고 있는데도 살짝 빈정이 상했다.

"……뭐, 그래도 그 정도는 딱히, 훨씬 더 대단한 걸 만드는 키즈도 널려 있잖아?"

루나가 그런 나를 잠시 바라보더니 눈을 동그랗게 떴다.

"앗~, 설마, 질투하는 거야?"

그렇게 묻는 얼굴이 왠지 기뻐 보였다.

"엇, 따, 딱히 그렇지는……!"

어린애 같은 반응을 했다는 걸 깨닫자 뒤늦게 수치심이 몰려왔다.

쩔쩔매는 나를 보며 루나가 웃었다.

"후훗, 이걸로 비긴 거네!"

"……."

왠지 속이 간질거렸지만, 그렇다니 그런 건가 보다.

"그래서, 사실은 어떤데? 코스프레."

"어떠냐니……."

결국 솔직하게 말할 수밖에 없는 상황이 되었다. 나는 얼굴이 홧홧해지는 것을 느끼며 입을 열었다.

"딱히 코스프레를 좋아하는 건 아니지만…… 좋아하는 여자애의 코스프레에는…… 관심이 있어."

"그 말은……."

"……루나의 코스프레는 엄청 보고 싶어."

쑥스럽게 말하는 나를 보며 루나의 뺨도 설핏 붉어졌다.

"……정말…… 류토의 그럼 점은 정말 반칙이야!"

빨개진 얼굴로 살짝 토라진 듯이 말한다.

그런 루나가 정말 귀여웠다.

"그럼 내 어떤 코스프레가 보고 싶은데?"

"어? 그건……."

루나의 물음에 우리들은 루나의 코스프레 의상을 고르게 되었다.

가게 직원에게 빌린 의상 사진 앨범을 함께 들여다본다.

"무난한 건 경찰복이나 간호사복이려나? 교복은 평소에도 입고 다니니까."

"그러게……."

나는 격렬하게 망설이고 있었다.

솔직히 전부 보고 싶다. 모조리 입어 봤으면 좋겠다. 자신이 코스프레에 이렇게 열정적인 마음을 품게 될 줄은 상상도 못 했다.

그것도 역시 루나라서겠지. 루나라면 어떤 옷을 입든 잘 어울릴 테니까.

그래도 단 한 벌만 골라야 했다. 이중에서 가장 보고 싶은 복장을 요청한다면…….

"……그럼……."

너무 창피한 나머지 귀까지 빨개진 것이 느껴졌다.

"이게…… 좋을 것, 같아……."

내가 가리킨 건 메이드복이었다. 검은 미니 원피스에 하얀 프릴

에이프런, 니하이 삭스라는 딱 봐도 노린 것 같은 느낌이 드는 의상이다.

오타쿠 같잖아~!

나도 안다. 대놓고 오타쿠 동정 티를 내는 선택이라는 걸.

그래도 제일 보고 싶단 말이다. 어차피 어떤 옷을 고르든 얼마간 취향을 의심당할 건 마찬가지니까, 허세를 부린다고 다른 걸 얘기해봤자 소용없었다.

"아~ 역시!"

루나가 활짝 얼굴을 빛냈다.

"류토라면 그렇게 말할 거라 생각했어!"

"엥?!"

"내가 알바를 한다면 케이크 가게가 좋겠다고 했잖아? 유니폼, 하늘하늘한 프릴이 달린 에이프런을 상상한 거 맞지? 메이드복에 가깝지 않아?"

"앗……."

그게, 루나와 막 사귀기 시작했을 때 나눴던 대화였던가.

──케이크 가게 유니폼 같은 것도 시라카와한테 잘 어울릴 것 같아서.

"……."

그렇게 초기부터 취향을 흘리고 다녔을 줄이야……. 이미지를 챙기기엔 이미 한참 늦은 모양이다.

"용케 기억하고 있었네……."

그렇게 옛날에 주고받았던 별것 아닌 대화의 단편을.

"기억하고 있지~."

루나가 웃었다.

"류토는 내가 인생에서 처음으로 친해져 보는 타입의 남자애니까. '어떤 사람일까?' 하고 생각하면서 류토가 하는 말이나 행동을 하나씩 마음속에 소중히 담아서, 모으고 있어."

내리깐 눈으로 그렇게 말하는 그녀의 행복해 보이는 미소를 보자 내 마음이 다시 지끈거리며 달아올랐다.

갈등을 했던 스스로가 조금 창피해졌다.

루나는 오타쿠 동정인 내 취향도 받아주려고 하고 있다.

그렇다면 아까 카페에서 했던 그 심문도…… 변태력을 측정하려던 게 아니라…… 날 알고 싶어서였던 걸까?

하지만 왜 갑자기 야한 방면으로 정보 수집을 시작한 거지?

여태껏 루나와 그쪽 얘기는 거의 한 적이 없는데. 경험이야 나보다 많이 쌓았겠지만, 그런 쪽으로는 담백한 타입이라고 생각하기도 하고.

그런 그녀의 이 갑작스러운 변화가 무엇을 의미하는 건지 고민하던 그때.

"……."

심장이 빠르게 뛰기 시작했다.

어쩌면 요점을 빗나간 편의적 상상일지도 모르지만…….

슬슬?

슬슬 때가 온 건가?

루나도…… 나와 야한 걸 하고 싶다는 생각을 하기 시작한 걸까?

"그럼 옷 갈아입고 올게!"

점원에게 메이드복을 건네받은 루나가 생글거리며 피팅룸으로 들어갔다.

떨리는 가슴으로 기다리길 몇 분, 커튼을 열고 나온 그녀는…….

"짜~잔!"

"오오……!"

나도 모르게 홱 뒷걸음질 치고 말았다.

메이드복을 입은 루나는 너무나도 황홀했다.

금방이라도 터질 것 같은 가슴!

에이프런 끈으로 강조된 잘록한 허리!

날씬하면서도 육감적인 허벅지의 절대영역!

그리고…….

"어때~? 잘 어울려?"

루나가 머리에 손을 올리며 내게 웃어 보였다.

그녀가 머리에 달고 있는 것은 핑크색 토끼 귀였다.

"헤드 아이템, 세트로 들어가 있던 헤드드레스 대신 이걸로 해 버렸어! 좀 귀엽지 않아?"

루나가 토끼처럼 손을 오므리며 귀여운 포즈를 취했다.

그러자 두근! 하고 대구경 매그넘으로 심장을 관통당한 것처럼 두근거림이 가슴을 덮쳤다.

"자, 이제 사진 찍으러 가자♡"

루나가 내 팔에 팔짱을 끼더니 씩씩하게 사진기로 향했다.

그렇게 나는 버니 메이드 루나와 촬영 부스에 들어갔다.

귀여워. 너무 귀여워.

촬영화면에 비친 루나 때문에 두근거림이 멈추질 않는다.

그런 가운데 아까처럼 어지러운 촬영이 시작되었다.

"3, 2, 1……."

기계의 카운트다운이 진행되고 있는데, 루나가 "류토!" 하고 나를 불렀다.

"응?"

언제 셔터소리가 날지 신경 쓰면서도 루나 쪽으로 고개를 돌리자.

루나의 얼굴이 눈앞을 가득 채웠고…….

살며시 입술이 포개졌다.

"……?!"

놀라서 굳어 버렸을 때는 이미 입술이 떨어지고 촬영도 끝난 뒤였다.

키스를 했다.

비닐 커버로 덮인 둘만의 좁은 공간에서 버니 메이드가 된 루나와…….

……키스를 하는 장면을 찍었다.

그렇게 생각하자 두근거림이 멈추지 않았다.

"……루, 루나?"

촬영이 끝났는데도 루나는 낙서 코너로 이동하지 않았다. 말을 걸자 그녀는 상기된 얼굴로 만족스레 미소를 지었다.

"뽀뽀 사진, 한 번 찍어 보고 싶었어."

수줍어하는 그 표정이 사랑스러웠다.

한 번 찍어 보고 싶었다는 건…… 루나도 처음인 걸까.

그렇게 생각하자 가슴 밑바닥에서 서서히 기쁨이 솟구쳤다.

"……그래서, 류토는 말이지?"

"응?"

그때 루나가 불쑥 내게로 다가왔다.

"이 버니 메이드 복장으로 내가 뭘 해 줬으면 좋겠어?"

"어……?!"

터질 것 같은 블라우스의 가슴팍이 눈앞으로 다가와서 동요한 나머지 외마디 소리가 터졌다.

루나가 그런 나를 치켜뜬 눈으로 부채질하듯이 응시했다.

"있잖아, 내가 그렇게 야해? 막 불끈거려? 야한 짓을 하고 싶어?"

그리고는 내 명치 부근에 가슴을 대고 누르며 도발적으로 물었다.

나는 탄력 있고 부드러운 감촉에 어찌할 바를 몰라 허둥거렸다. 장소가 스티커 사진기 안이라는 것도 잊고 이성이 날아갈 것 같아서……

조바심이 난 나는 루나에게 말했다.

"왜, 왜 그래, 루나? 오늘은 좀 이상한데……?"

그러자 루나는 놀란 표정을 짓더니 내게서 살짝 몸을 뗐다.

"……모르겠어. 나 이상하지. 나도 아는데."

난처한 기색으로 눈을 내리깔며 그렇게 속삭인다.

"니콜한테 상담하려고 해도 짜증을 내니까…… 이젠 류토밖에 물어볼 사람이 없어서."

"뭐, 뭐를?"

상황 파악이 되지 않아 그렇게 묻자 루나가 턱을 번쩍 들며 나를 보았다.

"저기, 우리, 서로에 대해 생각하고 있는 게 있으면 말하자고 했지?"

"으, 응……."

그 말을 한 건 루나지만 그러고 싶은 건 나도 마찬가지다.

그렇게 생각하며 얘기를 경청하려고 자세를 잡는 내게 루나가 폭탄 발언을 날렸다.

"나 있잖아, 류토를 흥분하게 만들고 싶어……. 날 야한 눈으로 봐 줬으면 좋겠어. 이건, 내가 류토랑 '야한 짓을 하고 싶다'는 뜻인 걸까?"

"뭐?!"

"응? 어떻게 생각해? 내가 류토랑 하고 싶은 걸까?"

루나가 재차 내 쪽으로 불쑥 다가와 고민에 잠긴 눈길로 나를 바라보았다. 머리가 공황상태에 빠질 것 같다.

"이런 기분은 처음이라…… 모르겠어……."

루나가 가냘픈 목소리로 중얼거렸다.

스티커 사진은 이미 낙서 타임으로 옮겨간 지 오래다. 지금쯤은 시간이 다 되어 썰이 인쇄되어 나왔을지도 몰랐다. 뒤에 기다리는 사람이 없어서 다행이었다.

"……."

머리 한구석에서 그런 생각을 하며.

에에에엑—?!

'마음속 고함 콘테스트'가 있다면 우승은 따 놓은 당상이었을 비명을 지른 나는 눈앞의 버니 메이드 여친을 바라보며 심장을 광속으로 두근거리고 있었다.

후기

4권도 구매해 주셔서 감사합니다!

이번 책은 늦가을부터 겨울까지의 얘기였습니다. 겨울의 추억 하면 왠지 조금 쌉싸름한 기분이 드는데요, 여러분은 어떠실까요?

이번 얘기를 쓰면서 대입 직전 고3 크리스마스 이브 때를 떠올렸습니다. 같은 입시학원에 다니던 학교 친구랑 수업 중간 쉬는 시간에 커플들로 넘쳐나는 거리로 몰려나가 충동적으로 편의점 크리스마스 케이크를 홀로 사서 강의실에서 홧김에 마구 먹었던 기억이 나네요. 당시에 느꼈던 감정은 분명 쌉쌀함이었을 텐데, 지금 돌이켜 보면 그리움만 남아 있는 추억입니다.

변칙적인 일은 기억에 남기 쉽죠. 류토에게도 틀림없이 어른이 되고 나서도 내내 그리운 추억으로 남을 그 해 겨울의 사건이 되었을 거라 생각합니다.

추억 탐방 하니 스티커 사진도 그리운 기억이네요. 가끔씩 갸루가 나오는 작품을 쓰다 보니 ('오타쿠장의 썩어 빠진 아가씨들'에도 갸루 여자애가 등장합니다) 스티커 사진의 최신 트렌드는 가급적 파악해 두려고 하는 편인데요, 요즘 스티커 사진기는 제가 현역일 때랑은 너무 달라졌더라고요. 혹시라도 갸루인 친구가 생겨서 스티커 사진 가게에 동행하게 된다면 지금의 저는 컬처 쇼크를 받아서 류토보다 더 주뼛거릴 것 같아요.

고등학교 때는 친구가 남친이랑 찍은 스티커 사진을 받는 걸 좋아했어요. 오죽 좋아했으면 '달리 줄 사람도 없지? 나한테 줘' 하고 먼저 조르고 다녔죠. 픽션에 등장하는 커플을 지켜보면서 좋아하는 것과 비슷한 감각으로 친구 커플을 보는 게 즐거웠던 것 같아요. 전 남자친구가 없던 사람이라 그때는 별생각 없이 스티커 사진첩에 사진들을 붙여 놓고 가끔 들여다보며 흐뭇해하곤 했는데요, 지금 돌이켜 보면 왠지 무섭네요…….

물건을 오래 쓰는 게 몇 안 되는 자랑거리 중 하나라 지금도 당시 사진첩을 갖고 있습니다. 언제든지 보여드릴 수 있어요. 예전 남친과 찍은 스티커 사진을 준 친구들아, 떨면서 잠들렴…….

그렇게 돼서 (억지로 화제 전환) 벌써 4권입니다. 이렇게 이어올 수 있었던 건 전적으로 독자 여러분 덕택입니다.

3, 4권에서 펼쳐진 루나와 마리아 이야기의 단편적인 내용은 적어도 1권 간행 때까지는 제 구상 속에만 머물러 있었는데요, 2권을 낼 때까지는 다음 권을 낼 수 있을 거란 보장이 없어서 일단 루나와 류토의 관계를 진전시키는 걸 우선했고, 그 결과 마리아를 적당히 써먹기 좋은 라이벌 캐릭터처럼 묘사하게 되어 내내 마음에 걸렸습니다.

류토와 루나의 이야기에 필요해서 등장시킨 마리아라는 인물을, 이번에 이런 형태로 제대로 묘사할 수 있고 자매 얘기를 일단락 지을 수 있게 되어서 정말 기뻤습니다.

조연들의 사랑 관계도 지난 권과는 상황이 확 달라져서 점점 눈을 뗄 수 없게 되고 있지 않은가 싶고요? (본인이 사서 압박을 거는 스타일)

　이번에도 일러스트를 담당해 주신 magako 님께서 몇 번을 감사드려도 모자랄 만큼 멋진 일러스트를 그려 주셨습니다! Before 잇치를 그려 달라는 무리한 요청을 받아 주셔서 정말 감사합니다! 덕분에 소설을 쓰는 데 집중할 수 있었습니다.

　그리고 드래곤 매거진 등지에서 전부터 안내 드리고 있었습니다만, 이 '경험 많은 너와~'가 놀랍게도 만화로 나오게 됐습니다! 이 책 발매일의 나흘 뒤에 해당되는 2월 23일부터 스타트 예정이라고 하니 꼭 '강강 ONLINE'을 체크 부탁드립니다!
　그리고 그리고, 본편과 여기까지 후기를 읽어 주신 분들께서는 이미 짐작하고 계시겠지만, 감사하게도 5권 간행이 결정되었습니다.
　류토와 루나의 이야기는 초여름, 여름, 가을, 겨울을 지나 다음 권에서 마침내 봄을 맞이하며 계절을 한 바퀴 순환하게 되었습니다. 고등학교 생활 마지막 해를 맞은 두 사람의 사랑의 행방과 그들을 둘러싼 동료들의 청춘에도 주목해 주세요!
　그럼 다시 다음 권에서 만나 뵐 수 있기를 기도하며!

2022년 1월 나가오카 마키코